KB118672

메이드 인 강남

메이드 인 강남

made in Gangnam

주원규 장편소설

네오
픽션

차례

———————

———————

1

밤이 오히려 더 밝은 곳. 그렇다고 밤인 사실을 숨기려 하지 않는 곳.

대치동 447번지에 위치한 38층 고층아파트 침실에서 내려다본 강남이다.

*

더블 침대에 혼자 누운 민규는 쉽게 잠을 이루지 못한다. 옅은 숨소리와 함께 몸을 계속 뒤척이는 동작을 반복한다. 이럴 땐, 누군가의 전화가 그리워진다.

페어글라스 창문 쪽에서 반대편으로 몸을 돌린다. 그러자 백색의 침실 벽면에 100호 크기의 표구된 액자가 민규의 눈에 들어온다. 우선은 액자 유리에 비친 자신의 벗은 몸이 들어온다.

사십대 초반 남자의 몸에 아무리 규칙적인 운동을 해도 빠지지 않는 군살이 불편하게 각인된다. 자신의 몸에게 수치심이 실감되는 순간 민규의 시선은 자연스럽게 액자 속 그림에게로 옮겨 간다. 에두아르 마네의 〈풀밭 위의 식사〉를 모작한 그림인데, 원작에서는 대충 뭉개고 넘어가는 두 여자의 벗은 몸을 극사실적으로 묘사한 화법이 인상적이다.

그림을 유심히 지켜보던 민규의 오른손이 자연스럽게 자신의 페니스를 움켜쥔다. 물컹거리는 느낌이 꽤 불쾌하지만 어쩔 수 없다는 심사로 페니스를 움켜쥐고 강하게 마찰시키기 시작한다.

단지 물리적인 마찰임에도 민규의 페니스는 사물에서 생물로 돌변해 거칠게 치솟는다. 극사실적으로 나타난 남녀의 춘화를 닮은 장면을 상상하는 순간, 민규는 자신이 발가벗겨지는 수치심과 자신이 누군가의 옷을 발가벗기는 정복욕을 동시에 느낀다. 그 실감 하나만을 붙잡고 민규의 페니스는 사정의 순간까지 빠른 속도로 달려나간다.

다만 민규의 머릿속에서 지워지지 않는 한 가지 아쉬움이 흠이다. 벗은 여자의 몸이 수치심에 더 강하게 달아오르도록 몸 전체가 붉은빛으로 도색되었으면 하는 괴기한 열망이 충족되지 않는 게 못내 민규는 아쉽다. 하지만 아쉬움은 아쉬움일 뿐 민규는 이 순간 전화가 걸려 오지 않는다면 어떻게든 잠을 자야 한다. 그렇기에 그는 어쩔 수 없이 페니스를 움켜쥔다. 이를 악물고, 몸속 모든 혈관을 터뜨릴 만큼 극도로 긴장한 뒤 절정의 순간 한바탕 몸속에 담겨 있던 정액을 쏟아버리고 나면 바로 찾아오는 허탈한 기분 덕에 조금이라도 잠들 수 있기 때문이다.

하지만 민규의 잠을 청하기 위한 인위적 시도는 잠시 중단된다.

바로 한 통의 전화가 걸려 온 것. 불면의 밤에 시달리는 민규의 그리움에 대한 응답인 것만 같다. 민규는 몸을 일으켜 수신자를 확인하고 헛기침을 한다. 그리고 목소리를 가다듬고 폴더를 연다.

"예, 선배."

'정우진'이란 이름으로 기록된 수신자. 상대는 새벽 3시에 전화한 것에 대한 변명이나 부연 설명 없이 바로 본론을 이야기한다.

"설계 건이 하나 들어왔어."

"설계요?"

"꽤 크다."

"지금…… 움직여야 하나요?"

민규의 질문에 상대는 주저 없이 답한다.

"물론."

20여 초를 넘기지 않은 짧은 통화. 이어지는 문자메시지엔 한 호텔명이 찍혀 있다.

'삼성동 카르멘 호텔.'

*

주소까지 확인하고 민규는 거실 밖으로 나온다. 넥타이까진 아니지만 셔츠에 감색 슈트까지 차려입고 거실 소파에 앉는다. 그리고 입에 무는 럭키스트라이크 한 대. 불을 켜지 않은 거실에서 가느다란 실오라기 같은 담배 연기가 천장으로 피어오른다.

그때, 불이 켜지고 아내의 모습이 보인다. 아내는 민규의 시선에서도 너무 먼 곳에 있는 듯 보인다. 담배 연기에 대한 아내의 짧은 불만이 이어진다.

"담배는 밖에서 피웠으면 좋겠는데."

"미안."

"그런데…… 무슨 일이야?"

평소와 다르게 자신에게 관심을 보이는 아내의 반응에 민규는 왠지 어색함을 느낀다. 아내와 오랜 시간 말을 섞어본 일이 없어서일까. 돌이켜보면 민규는 아내와 같은 아파트, 같은 공간에서 지내고는 있지만 최근 1년간 제대로 마주한 순간은 손에 꼽을 정도다. 각자 다른 침실을 쓰고 다른 시간대에 일어나 출근하고, 다른 시간대에 집에 들어와 잠든다. 민규는 최근 아내가 어떤 스타일의 남자친구를 만나는지도 무관심해졌다. 그래도 신혼 초기엔 아내의 남자친구 취향은 물어봤다. 아내에 대한 어색함은 그 역시 해명 못 할 미안함으로 이어진다.

잠시, 뭔가 말하려다가 민규는 이내 자리에서 일어선다. 그러고는 한마디만 남기며 현관으로 걸어간다.

"나 좀 나갔다 올게."

2

새벽 3시 20분. 삼성동 119번지. 속칭 하우스. 조재명은 이 시간, 화장실 거울 앞에 서 있다. 얼굴은 물방울로 뒤덮인 채.

거칠게 세수한 뒤 재명은 거울에 비친 자신의 모습을 들여다본다. 거뭇거뭇한 수염과 퀭한 두 눈동자를 노려보며 긴장하지 말 것을 스스로에게 다짐한다.

'쫄지 마. 씨발. 이번엔 감이 좋아.'

동시에 누군가 화장실 문을 두드린다.

"오빠, 빨리 나와. 시간 없어."

재명은 수건을 집어 얼굴에 묻은 물기를 대충 닦고 그대로 화장실 밖으로 나선다. 문이 열리자 재명은 자신과 키가 거의 비슷해 보이는 스모키화장을 한 여자와 마주한다. 여자의 입에도 럭키스트라이크가 물려 있다. 재명은 자신 앞에 선 여자의 허리를 움켜쥐고는 그대로 그녀를 화장실 안으로 끌고 들어간다. 재명

11

이 화장실 문을 잠그는 걸 확인한 여자가 볼멘소리를 낸다.

"화장실에선 싫은데."

"여기가 피차 뒤처리하기 편하잖아."

*

10분이 지난 3시 30분. 재명이 119번지 하우스 브이아이피룸에 들어선다. 방금 전 화장실에서 여자와 정사를 나누는 데 걸린 시간은 채 5분이 되지 않는다. 세면대 앞에 여자를 엎드리게 하고 그녀의 원피스 지퍼를 내리는 일이 성가셨다는 것밖에 재명의 머릿속에 떠오르는 건 아무것도 없다. 큰 액수의 베팅일수록, 도박한다는 행위를 분명히 실감할수록 미신은 더 강한 매력으로 다가온다. 여자와 교접하는 행위는 액운을 막아주며, 새로운 기운을 불러일으킨다. 물론 이 명제는 미신을 신봉하는 이에게만 유효한 것이다. 지금의 재명처럼.

룸 안으로 들어온 재명에게 단 두 장의 패가 쥐여진다. 재명을 포함해 네 명이 함께한 브이아이피룸에서의 단판 승부는 매우 단순하다. 두 장의 포커를 합한 급수가 높은 패를 가진 사람이 승리하는 게임이다.

재명이 단판 승부를 택한 이유 역시 단순하다. 하룻밤 사이에만 1억을 잃었다. 그 1억은 재명 개인의 돈이 아니다. 경찰 조직 안에서 복잡하게 얽혀 있는 비자금이다. 소유주를 해명하긴 어렵지만 그렇다 해서 재명이 마음대로 쓰고도 무사할 수 있는 돈도 아니다. 재명의 계좌에 박혀 있는 돈이지만 이 돈이 증발하는 즉시 재명의 자리도 무사하지 못할 것이다. 초조해진 재명에게 기회는 한 번뿐이다. 하우스 운영자에게 사채를 빌려 그 돈을 단판에 베팅해 승부를 보는 것이다. 그 한 판의 승부로 재미를 보면 본전 회수만이 아니라 족히 5억 이상은 취할 수 있다. 재명의 눈동자에 광기 어린 승부욕이 들끓는 이유가 바로 여기에 있다.

*

패가 공개되는 순간은 허탈할 정도로 짧다. 우측 자리에 앉은 중년 부인이 인상을 찡그리며 패를 연다. 스페이드 8에 다이아몬드 1. 좋지 않은 패다. 그녀가 패를 공개하자 재명도 따라 패를 연다. 하트 9에 하트 제이. 나쁘지 않다. 두 카드 모두 하트다. 잘하면 이 판을 차지할 수도 있다.

하지만 재명의 입에서 절망의 탄식이 나온 건 어수룩해 보이는 삼십대 초반의 뿔테 안경 남자가 패를 열어 보인 직후다. 그가 조심스럽게 두 카드를 펼쳐 보인다. 하트 퀸에 하트 킹. 붉은 빛깔을 품은 화려한 문양이 재명의 눈에 들어오는 순간 입에서 나오는 한마디.

"돌아버리겠네."

*

　새벽 4시. 하우스 정문으로 걸어 나온 재명을 경찰차 한 대가 기다리고 있다. 경광등 불빛은 회전하지만 사이렌이 들리지는 않는다. 차 운전석엔 정복 차림의 순찰 경찰이 앉아 있다. 그는 우울한 눈빛으로 하우스에서 나오는 재명을 바라본다.

　재명의 뒤로 두 명의 남자가 걸어 나온다. 경찰차 앞에 멈춰 선 재명이 문득 하늘을 올려다본다. 새벽 4시의 하늘은 여전히 캄캄하다. 강남에서 별을 기대한다는 게 애초부터 말이 안 되지만 그래도 조금은 트인 하늘을 기대한 건지 착잡한 재명의 마음을 더욱 무겁게 짓누른다.

　재명을 따라 나온 남자 중 하나가 그의 뒤통수에 대고 말한다.

　"이거 가져가셔야죠, 조재명 경위님."

　"이 새끼가 어따 대고 경찰 이름을 함부로 입에 붙여."

　재명이 자신의 이름과 경찰 직급을 부르는 남자를 향해 언성을 높인다. 하지만 이 경우 화를 내는 쪽이 짓밟힌다는 걸 서로가 이미 잘 알고 있다. 남자가 재명을 부른 목적은 담백하고 그만큼 확실하다. 남자가 차용증이 담긴 봉투를 재명에게 건네주며 힘주어 말한다.

　"하우스에서 얻은 사채 이자가 얼마인지는 말 안 해도 아시죠?"

　"수틀리면 이 하우스, 쑥대밭 만드는 수 있어. 조심해."

　"이 양반이 어따 대고 협박이야."

남자의 태도가 돌변한다. 재명의 말투가 그를 성가시게 한 모양이다. 강한 태도를 보인 남자를 향해 재명은 오히려 위축된 모습을 보인다. 남자가 재명의 얼굴 앞까지 더 가까이 다가가 말을 한다.

　"당신 같은 클래스가 여길 털어? 그게 가능하다고 생각해?"

　"……개새끼."

　"당신 똑바로 들어."

　"……."

　"심장, 눈, 뭐 돈 될 만한 거 다 팔아넘겨도 원금 회수가 안 돼요. 알아들었어요?"

3

—

일주일 만에 재명의 수중에 떨어진 빚만 2억이다. 재명은 그 동안 자신에게 무슨 일이 벌어졌는지 아주 잠시 생각한다.

오래 생각할 필요가 없다. 근무하는 강력계 사무실에는 별다른 연락도 없이, 재명은 정확히 7일 168시간 동안을 강남 테헤란로 뒤편 빌라 타운에 위치한 하우스에서 보냈다. 한 시간은 일반 룸에서 포커나 판돈이 걸린 다트를 하고, 또 다른 한 시간은 브이아이피룸에 들어가 단판에 최소 천만 원 이상 허물어지는 포커에 집중했다. 중간중간 화장실에 들른 것은 배변 현상이 아닌 액땜을 위한 교접 행위 때문이었고, 한 번 콜걸과 교접할 때마다 재명의 지갑에선 10만 원권 지폐 몇 장이 우습게 빠져나갔다.

*

새벽의 강남을 아주 오랜만에 보는 것 같다. 마지막 남은 럭키 스트라이크를 입에 문 재명은 잠시 감상적으로 10차선 테헤란로를 지켜본다. 새벽 5시의 테헤란로14길은 갓길에 주차된 벤츠, 아우디, BMW 차량들로 즐비하다. 곳곳에서 콜걸들의 하이힐 굽 소리가 앙칼진 웃음소리, 통화 소리와 뒤섞여 들려오고, 골목 골목에는 용역에서 운영하는 청소차 움직이는 소리가 들린다.

담배 한 개비를 필터 끝까지 피웠을 때다. 무음 처리된 휴대폰 액정이 반짝인다. '02-544'로 시작하는, 재명의 눈에 지겹도록 익숙한 번호다. 잠시 망설이던 재명은 새벽의 강남 거리를 다시 둘러본다. 여전히 남아 있는 취객들이나 새벽 사우나를 마치고 나오는 금융 딜러로 보이는 이들이나, 모두 양복 차림이다.

열 번 이상 액정이 깜빡인 걸 확인한 재명이 전화를 받는다. 열 번 이상 울리면 단순한 클래스가 아닌 수준의 사건을 암시한다. 그것은 재명이 10년 가까이 몸담아온, 이젠 사무실에 들어서기만 하면 그 익숙한 환멸감에 현기증을 느낄 정도의 강력계 형사 생활 동안 깨우쳐온 노하우다.

"무슨 일인데?"

"저예요, 윤."

통화 속 상대는 자신을 윤으로 소개한다. 순간, 재명은 휴대폰을 귀에서 잠시 떨어뜨리고 번호를 한 번 더 확인해본다. 02-544-6985. '6985'는 강남경찰서 강력1반의 대표번호다. 재명이 묻는다.

"네가 어떻게 이 번호로 전화를 걸어? 너 지금 경찰서에 있어?"

"번호 따서 대신 연결했죠. 경찰서 번호로 걸어야 나중에 추적받지 않으니까요."

"건방진 새끼. 삐끼 출신 정보원 주제에 많이 컸다. 강력반 번호까지 따서 대포폰 만들고…… 그건 그렇고 무슨 일이야?"

본인의 직장인 강력계에서 온 전화가 아닌 것을 확인한 순간 재명은 방금 전보다 더 통화에 집중한다. 정보원 윤에게서 얻는 정보는 재명이 비밀로 가동하는 채널 중에서도 정보의 질이 가장 우수하기 때문이다. 비밀 채널, 정보원 확보 역시 강력계 형사가 축적해야 할 노하우 중의 하나라면 그 방면에서 재명은 전문가다. 윤이 바로 본론으로 들어가는 재명의 어투에 본론으로 반응한다.

"어제, 아니 정확히 오늘 자정 직후 카르멘 호텔에서 사고가 있었어요."

"카르멘……?"

재명은 전화받는 와중에도 고개를 돌려 시선을 무역센터 쪽으로 향한다. 무역센터 인근에 강남 권역에서는 감히 엄두를 내지 못했던 초고층으로 지어 올린 카르멘 호텔이 눈에 들어온다. 외벽 현수막에는 '축 12월 4일 오픈 예정'이란 멘트가 적혀 있다.

"여긴 아직 공사 중이잖아. 설마 공사 사고를 정보라고 이 시간에 전화한 건 아닐 테고."

"당연히 아니죠. 여기 준공검사 끝나고 내부 인테리어 몇 개만 하면 바로 개장하는 곳이에요. 여기서 꽤 큰 게 터졌어요. 터졌는데……."

"그런데?"

"다섯 시간 정도 지났는데 아무 움직임이 없네요. 경찰은 고사하고, 관계자 한 명 움직이질 않아요."

"장르가 뭐야? 성매매? 상해치사? 아님, 마약이야?"

정보원 윤이 자신에게 물어다 주는 먹잇감을 재명은 심드렁하게 되묻는다. 필로폰을 상습 복용하는 재벌 혹은 준재벌가 인사들, 원조 교제를 하거나 텐프로 출신 콜걸을 불러다가 변태 성행위를 시키다가 적발된 연예인들을 협박하고 적당한 선에서 합의해주는 대가로 재명이 챙기는 액수는 일반 직장인 반년 치 연봉에 해당한다. 그렇기에 포기할 수 없는 먹잇감인 것은 분명한데, 재명은 늘 이런 종류의 정보를 접할 때마다 기운이 나지 않는다. 그런데, 이번엔 다르다. 윤의 이어지는 말이 도박 빚 2억에 짓눌린 재명의 의식을 숨 가쁘게 일깨운다.

"두 개 묶어서 얹고 거기에 살인까지 붙었어요."

"살인사건이라고?"

"심지어 한둘이 아니에요. 내가 잠깐 들은 것만 여섯은 넘어요."

살인사건, 여섯 명 이상 등의 단어가 주는 무게감이 재명을 혼란케 한다. 이게 사실이라면 배후에서 뒷돈 챙기고 대충 마무리할 수 있는 성질이 아니다. 제대로만 묶고 수사해 범인 색출하면

특진이 보상되는 일이지만 그건 돈과 직접 연결되는 건 아니다. 그 두 가지 셈법에 혼란을 느낀 재명이 망설이는 태도를 보이자 통화 속 상대가 오히려 초조한 듯 말한다.

"믿기지가 않아요? 사실이에요. 지금까지 조용한 걸 보니 윗선이나 아님 다른 쪽에서 미리 손보려고 하는 것 같고요."

"그래. 알았어."

"지금 가보시는 게 좋을 거예요. 확인해서 맞으면 입금해주시는 거 잊지 말고요."

"씨발새끼, 그래도 명색이 살인사건이다. 누가 죽었는지 궁금하지도 않냐?"

"내가 궁금해한다고 해결되나요."

"그건 그렇지……."

"계좌번호 잊지 않으셨죠? 잊으셨으면 제가 문자로……."

재명은 윤의 끝말을 듣지 않고 전화를 끊는다. 그러고는 휴대폰을 손에 쥔 채 강남을 둘러본다. 공기는 맑고 깨끗하다. 콜걸들이 오가는 바의 입간판 불이 하나둘 꺼지고 대신 던킨도넛과 파리크라상, 버거킹 등의 간판 불이 켜지기 시작한다.

재명의 시선이 다시 카르멘 호텔을 향한다. 초고층 호텔의 가장 위층은 늘 그렇듯 펜트하우스다. 마지막 층에 불이 켜져 있는 것이, 그곳을 다시 한번 올려다봤을 때 재명이 새롭게 발견한 특이점이다.

4

여섯 명이 아니다.

정확히 열 명.

열 명의 남녀가 전라로 누워 있다.

서로 뒤엉킨 남녀의 몸은 결코 안전해 보이지 않는다.

열 명의 몸 전체가 피투성이다.

속옷 하나 입지 않은 열 개의 몸 위에 선혈이 낭자하다.

수많은 핏방울이 실력 없는 화가가 그린 점묘화처럼 무성의하고 산발적으로 흩뿌려져 있다.

*

또 하나의 공통점은, 열 명 모두 숨을 쉬지 않는 죽은 자라는 것이다. 이를 확인하는 순간과 때를 같이하여 민규가 슈트 안주머니에서 이어폰을 꺼내 귀에 꽂는다. 그 모습을 옆에 선 같은 로펌 선배 우진이 무심하게 지켜본 뒤 말을 꺼낸다.

"꼭 뭐 닮았지?"

뭘 말하는지 짐작한 민규가 두어 번 고개를 끄덕이며 답한다.

"그러네요. 하지만 마네의 그림은 이것과는 좀 달라요."

"적어도 〈풀밭 위의 식사〉보단 평등하네. 남자나 여자 가릴 것 없이 모두 벗었잖아."

우진은 손으로 열 명이 뒤엉킨 풍경을 따라 선을 그린다. 그사이 민규는 열 구의 시체를 에워싼 배경을 살펴본다. 수많은 유리 조각이 널브러진 가운데 고가의 양주병들이 바닥과 테이블 위를 나뒹군다. 내부 인테리어가 거의 끝나가는 펜트하우스의 거실 벽면에는 유명한 추상표현주의 화가의 벽화를 떠올리게 하는 그림이 걸려 있고, 높은 천장엔 화려한 문양을 과시하는 초대형 샹들리에가 보인다. 조명은 외등부터 분위기 있는 조명까지 가리지 않고 일제히 점등된 상태여서 내부의 화려함을 그대로 비추었는데, 평소보다 높은 조도에 의해 더욱 적나라하게 보이는 것은 열 구의 피투성이 전라다. 숨을 쉬지 않는 열 명의 남녀는 약속이라도 한 듯 하나같이 눈을 뜬 채였고, 마네킹이나 밀랍 인형을 보는 것처럼 표정의 변화를 느낄 수 없다.

민규가 이어폰을 귀에 끼고 준비해 온 손수건으로 입을 막은 채 주위를 둘러보며 시체의 상태를 살핀다. 필요 이상의 피가 방울째 튀어 벌거벗은 남녀 열 명의 몸 전체에 흩뿌려졌지만 사망 이유가 과다 출혈로 보이지는 않는다. 피의 분출 지점이 주로 여자, 그것도 젊은 여자들의 하복부에서 발생했다는 사실이 민규의 눈에 비교적 선명하게 목격된다. 민규가 시체들을 내려다보며 묻는다.

"사인이 사람마다 다르겠는데요."

"그렇지? 여자애 몇은 하복부 자상으로 인한 과다 출혈이 원인이고, 남자들은 필로폰 과다 복용이 원인으로 보여."

"그런데…… 선배. 김 대표가 정말 이 사건을 컨펌했다고요?"

의구심이 담긴 민규의 질문에 우진이 망설이지 않고 답한다.

"정보 듣자마자 내게 전화했다던데. 무슨 뜻이겠어? 우리 쪽에서 접수하자는 거지."

잠시 뜸들이던 우진이 다시 말한다.

"이 건 말이야. 보다시피 살벌하지? 살벌한 만큼 대가도 엄청나다."

"누가 이런 거죠? 여자들은 남자 멤버들이 죽인 것 같은데…… 남자들은 잘 모르겠어요. 약물 과다로 이렇게 한자리에서 다섯이 모두 죽을 순 없는데."

"모르지. 우리가 그걸 알 필요 있나."

간단히 말한 우진이 이어서 묘책을 알려준다.

"다섯이 여자고 나머지 다섯은 고객이야. 여자애들은 술집 애들이니까 던지기 하고, 남자들만 개별 처리하면 돼."

"……."

"스케일이 좀 크긴 해도 디자인하기 난해한 건 아니니까. 한번 해봐. 계약하면 바로 입금된다."

*

　강남 중심가에 위치한 로펌 Y. 민규가 수석 변호사로 근무 중
인 대형 로펌 Y는 겉으로는 기업 관련 분쟁을 전문으로 다루는
사무실로 알려져 있다. 하지만 세상에 알려진 것과 실제 하는 일
은 많이 다르다.

　이곳에 소속된 변호사는 외주 비상근 변호사까지 합치면
200명이 훌쩍 넘는다. 그들 대부분은 기업 관련 소송이나 일반
인들의 사건 의뢰를 받아 처리한다. 하지만 그중 대표를 비롯해
극소수에 해당하는 두 자릿수 이내의 변호사들이 하는 일은 기
업 관련 업무와 하등 관계가 없다. 그들은 특별관리 사건이란 이
름으로 분류된 사건들을 처리하는 일을 담당한다. 사건 처리의
의뢰인들은 실체도 조직도 불분명하다. 하지만 견고한 비밀 유
지와 일사불란한 응집력을 가졌다. 상위 0.1퍼센트들과 연결고
리를 갖고 점조직처럼 일종의 흐름을 갖고 움직이는 의뢰인들.
그 의뢰 조직으로부터 명명된 특별관리 사건 전담 변호사를, 설
계자라 부른다.

　처음부터 설계자가 되고 싶어 일하는 변호사는 아무도 없다.
또한 설계자가 되고 싶다고 해서 될 수 있는 것도 아니다. 로펌 Y
의 김 대표 주도하에 벌어지는 설계 업무로의 진입 조건은 극단
적으로 보면 모호하지만 또 분명하리만치 확실하다.

　땅에 발 딛고 사는 이유를 찾지 못하는 정신력과 조건을 가진

24

사람, 그런 사람이 설계자에 적합하다는 게 김 대표가 민규에게 들려준 확신에 찬 말이다.

도덕과 비도덕 사이, 윤리와 비윤리 사이, 정치·경제·사회·문화 사이의 복잡한 구조와 현상은 파악하되 그렇게 파악한 현상을 분석하거나 판단하지 않는 가치관을 지닌 인물. 모든 현상과 사물, 그 틈새에서 벌어지는 사건과 관계를 완벽히 유물로 간주하고 처리하는, 다시 말해 일체의 인간적 감정이 배제된 기계적 처리가 가능한 인물이 설계자의 최고 미덕이라면 민규는 그 미덕에 가장 최적화된 인물이라는 게 로펌 Y 김 대표의 생각이다.

그 어떤 의견이나 판단도 내놓지 않는 무색무취한 정치 성향을 보이면서도 국내외의 정치 흐름과 심지어 국제 정서의 흐름까지 짚어내는 통찰력을 잃지 않는 객관성을 유지하고 있고, 거기에 돈을 천문학적으로 보유한 인간이 가질 수 있는 초월적인 비윤리성에 대해서도 무감각할 수 있는 판단 유보의 가치관을 지닌 인물. 이런 이유로 설계자에 가장 부합되는 캐릭터가 바로 민규라고 김 대표는 판단한 것이다.

게다가 법대를 수석 졸업하고, 단번에 사법고시에 패스하여 판사 경험까지 갖춘 법조인으로서의 이력 역시 민규의 훌륭한 설계자 속성을 뒷받침해주고 있다.

결과적으로 설계자 중에서도 민규는 일처리 면에서 단연 톱이다. 부유층 자제에게 마약 혐의가 생길 경우, 현장 CCTV를 조작하거나 알리바이를 조작하는 방식으로 무혐의를 이끌어내거나 검찰 측과 협상해 기소유예 하는 방식. 혹은 여자 연예인의 강남 멤버십 회원들과의 트리플섹스가 성매매 혐의로 나타날 경우, 대역을 써가면서 여자 연예인이 아닌 다른 여자였다고 주장하는 식의 알리바이나 정황 혹은 증언 등을 조작하는 일에서 민규는 법의 맹점을 집요하게 파고드는 데 천부적인 재능을 발휘해왔다. 그런 민규에게 뒤따르는 인센티브도 막대한 편이어서 민규 역시 단기간에 이곳 강남에 입성할 정도로 수직 상승을 이뤄냈다. 인센티브에 대해 민규는 무감각함이 느껴질 정도로 흡수했다. 그런 민규의 습성을 잘 아는 걸까. 선배 우진이 귀띔하듯 민규에게 이 사건과 관련된 인센티브의 규모를 우회적으로 들려준다.

*

죽은 여자들은 대부분 젊다. 젊다는 표현이 민망할 정도로 어리다고 말하는 게 더 정확할 것이다. 현장을 보던 중 눈에 띄는 쇼트커트 여자가 민규의 시선을 고정시킨다. 무표정한 사물처럼 굳어가는 다른 희생자들과 다르게 쇼트커트 여자의 약간 벌어진 입은 뭔가를 말하는 듯한 느낌을 준다. 죽음을 앞에 두고 하려는 한마디는 의외로 단순하거나 큰 의미를 갖지 않을 수도 있다. 우진의 시선은 더 이상 시체를 보지 않고 눈을 돌려 승강기 쪽으로 이동한다. 우진의 움직임과 때를 맞춰 이곳, 카르멘 호텔 펜트하우스로 올라오는 승강기가 'P' 지점에서 동작을 멈추더니 곧 문이 열린다. 한 남자가 나타난다. 우진과 민규에게 그다지 낯익지는 않지만 한번 보면 잊을 수 없는 분명한 인상을 남기는 남자.

"박지웅 실장입니다."

자신을 박지웅으로 소개한 남자가 민규에게 명함을 건넨다. 박지웅의 명함은 이미 한 번 접수했던 터다. 그래도 민규는 다시 한번 명함을 바라보면서 박지웅의 역할, 그가 하는 일을 새삼 확인한다.

한국에서 소득 수준만으로 상위 0.1퍼센트에 속하는 이들의 유흥은 대부분 정체를 알 수 없는 국외거나 국내라면 대부분 강남에서 이뤄진다. 청담동을 중심으로 논현, 학동, 언주 사거리로 확산되는 텐클럽 라인은 한 번 자는 데 기본이 500 이상인 여자들과 일반 샐러리맨의 한 달 월급에 해당하는 양주를 파는 멤버십 바나 룸살롱, 단독 아파트나 고급 빌라를 개조한 하우스들이 밀집해 있다. 강남에서의 밤, 그 노른자위를 차지하는 건 하릴없이 떠도는 유동 인구가 아닌 상위 0.1퍼센트들의 세상이다. 그들이 공동으로 관리하는 경호업체, 아님 그들의 하청을 받고 뒤에서 지켜주는 역할을 하는 사설 보디가드들의 보호하에 상식적인 세상에서는 얻을 수 없는 쾌락을 즐긴다. 아이러니한 건 상식적인 세상을 지배하는 것도 돈이고, 상식을 넘어서는 이른바 금기를 즐길 수 있는 세상을 지배하는 것도 돈이다. 강남의 진짜 밤을 주관하는 주인들은 매일 엄청난 돈을 쓰며 변태적 성행위부터 마약 그리고 적당한 수준에서 허용되는 폭력 행위를 일상적으로 행해왔다. 그런 사람들은 뒤처리 따위는 신경도 쓰지 않는다. 상식 이상의 돈을 주고 강남의 밤을 매수한 뒤에는 그 안에서 하는 모든 행위가 허용되기 때문이다.

박지웅 실장은 멤버십으로 관리되는 강남의 주인들로부터 일정액의 수수료를 받고 이들의 뒤를 말끔하게 처리하는 해결사다. 이 일을 통해 박 실장이 챙기는 수수료 역시 천문학적인 규모란 사실을 얼핏 건네 들은 민규는 무슨 이유로 자신이 속한 로펌 대표가 이 살인사건에 개입했는지 그 속내를 어렵지 않게 짐작했다. 그리고 또 하나의 짐작, 해결사 조직 중에서 가장 높은 고위 관리자로 속하는 박지웅이 직접 나선다는 점에서 이번 뒤처리가 꽤나 골치 아픈 수준일 거란 짐작도 따라왔다.

*

우진에게 간단히 눈인사한 뒤 승강기 밖으로 나온 박지웅은 시체 쪽으로는 다가가지 않은 채 승강기 옆에서 아이패드 화면을 펼친다. 그러고는 민규에게 손짓한다.

아이패드에는 이제는 죽어서 말도 할 수 없게 된 열 명의 신상명세가 공개되어 있다. 금감원 과장, 서울지검의 부장검사, 지역 토건업체 사장으로 이어지는 면면을 민규는 별다른 특이점으로 여기지 않는다. 준공 직전의 호텔에서 마약, 혼음 파티를 벌이는 멤버들의 스펙이 이 정도인 것은 늘 보아온 상황이다. 하지만 마지막 다섯 번째 남자의 신원은 특별했다. 아이패드에 보이는 남자의 프로필 사진이 자연스럽게 한 여자의 젖가슴에 얼굴을 파묻은 레게 머리로 이어진다. 레게 스타일에 오른쪽 귀에 십자가 모양의 피어싱을 한 남자가 박 실장의 아이패드 화면에서 제법 오랫동안 머문다. 박지웅이 말한다.

"요즘 꽤 잘나가는 솔로 아이돌입니다. 몽키라고. 이전에, 〈힙합 온 더 파이어〉란 오디션 프로에도 나와 우승한 경력이 있죠."

"만으로 스물한 살인데, 왜 이런 늙은이 모임에 빠진 거죠?"

민규의 질문이 의외라고 여기면서도 박지웅은 성실하게 답한다.

"여기서 공수해 오는 필로폰 질이 믿을 만해서요. 변두리에서 웃돈 주고 파는 떨이하고는 비교가 안 되죠."

그 말은 이제 막 오디션 프로로 인정받고 예능이나 드라마에도 진출해 활발히 활동하는 몽키가 중증 약쟁이라는 것을 돌려 말한 거다. 민규의 시선이 몽키에게 잠시 머무른 사이 박지웅의 아이패드 브리핑이 끝난다. 아이패드 전원을 끄고 서류 가방에 집어넣은 박지웅은 펜트하우스 전체를 밝힌 환한 조명이 부담스러운지 간접조명 몇 개만 남기고 일제히 소등한다. 그때 우진이 여자들 시체를 손으로 가리키며 묻는다.

"여자들은?"

"술집 애들이죠. 여기 소속도 있고, 알바 뛰는 애들도 있어요. 나중에 별도로 담당 관리자가 변호사님 메일로 보내줄 겁니다."

짧고 간단하게 상황을 정리하는 화법이라도 따로 익힌 듯 열

명이 죽은 사건임에도 박지웅의 말은 아침 조회 시간에 내리는 업무 지시처럼 간단하다. 이후 중요한 건 협상이다. 이런 현장 사건의 경우 전속 로펌이 협상안을 제시하는 장소 역시 현장이다. 결정 역시 현장에서 이루어진다.

협상이 거의 즉석에서 협의될 수 있는 이유는 단 하나, 돈의 문제다. 계약과 돈의 교류는 필연적 관계를 맺고 있다. 돈은 상황을 더욱 긴박하게 하고 결정을 번복할 수 없게 만든다. 로펌 대표로부터 가이드라인을 지시받은 우진이 박지웅과 현장 협상을 진행하는 동안 민규는 휴대폰을 꺼내 현장 사진을 찍기 시작한다.

잠시 후, 협상을 끝낸 박지웅이 민규에게 다가온다. 사진 찍기를 멈춘 민규가 박지웅을 바라본다. 새벽 시간이지만 지웅, 민규 그리고 우진의 공통점이 분명하다. 셋 모두 블랙 계열의 슈트 차림이다.

"현장 처리에는 최고 전문가라 들었습니다. 잘 부탁드릴게요, 김 변호사님."

민규는 지웅이 건넨 악수에 응하는 것으로 답을 대신한다. 지웅은 185에 가까운 자신을 올려다보고 있는 민규를 향해 한마디 덧붙인다.

"잘 알아서 하시겠지만 여자들하고 남자 고객들, 꼭 개별 사건으로 처리해주시는 거 잊지 마시고요."

*

    민규가 몽키를 바라본다. 아직은 솜털이 보송보송한 중학생 나이 정도로 보이는 미소년의 얼굴이다. 우진이 손수건으로 입을 막으며 자리에서 벗어나려 하지만 민규는 그 자리에 그대로 서 있다. 우진이 건조한 말투로 말한다.

    "요즘 아이돌은 누가 누군지 잘 모르겠는데…… 몽키, 이 친구는 확실해서 좋네."

    "좋다는 게 무슨 뜻이죠?"

    "눈에 뜨이는 게 분명할수록 설계비 단가는 올라가잖아. 몰라서 묻는 건 아니지?"

    "단가는 올라가도 그만큼 위험 부담은 심해지잖아요. 리스크 관리에, 신경 써야 할 틈새도 많고요."

    "뭐 하는 거야?"

    민규가 말없이 몽키의 시체 앞으로 다가간다. 쉼 없이 떠들어 대는 누군가의 목소리가 나지막하게, 계속 들린다 했더니 바로 몽키의 시체 옆에 떨어져 나뒹구는 아이폰에서 나오는 소리다. 이어폰을 통해 흘러나오는 음악, 음악이라기보다는 쉴 새 없이 쏟아내는 거칠고 울분으로 가득한 핏빛 외침. 민규는 이어폰을 가만히 자신의 귀에 가져다 댄다. 외침을 반복하던 음악은 바로 몽키가 작사, 작곡한 최신곡이다. 알 수 없는 랩이 포화처럼 쏟아지는 프리스타일 랩. 그 모습을 보던 우진이 한마디 하고는 승강기 쪽으로 걸어간다.

"대충 하고 내려가자."

"……."

"문 연 곳 있으면 가서 에스프레소 한잔하자. 영 께름칙하네."

　민규가 죽은 몽키를 바라본다. 눈을 감지 않은 채로 숨이 끊어진 그의 눈동자는 여전히 싱싱하다.

5

새벽 5시 30분의 강남경찰서. 강력계 사무실이 위치한 3층은 복도 불이 모두 꺼져 있다. 복도의 마지막에 위치한 강력계 사무실에 켜져 있는 희미한 불빛은 재명의 맥북에서 나오는 빛이다.

현장 수사 핑계를 대고 일주일 만에 돌아온 강력계 사무실은 재명의 눈에 특별히 매력적이지도 대단한 사명감을 불러일으키는 곳도 아니다. 재명의 근무처는 강남에서 흔히 볼 수 있는 증권사 혹은 보험사 사무실과 비슷하다. 단지 다른 점이 있다면 투박한 디자인의 책상과 캐비닛, 철 지난 느낌의 컴퓨터들이 별 이유 없이 놓여 있는 듯한 지루함 정도다.

*

아무도 없는 사무실에서 재명의 시선은 맥북 화면에, 귀는 윤과의 통화에 집중하고 있다. 정보원 윤의 목소리가 제법 또렷하게 들려온다.

"이메일 읽었어요?"

"응."

윤이 보낸 메일을 열자 이미지 파일들과 엑셀 파일 한 개가 첨부되어 있다. 이미지 파일은 연예인 한 명의 관련 기사가 대부분이고, 그 외 금감원 발표나 국정감사 관련 자료들이 보인다. 나머지 엑셀 파일엔 다섯 남자의 신원이 국회의원 국정감사 보고서처럼 상세히 적혀 있다.

"이게 죽은 인간들 이력이야? 모두 열 명이라며?"

"나머지 다섯은 콜걸이고……."

순간 '포주 출신 아니랄까 봐' 하는 속말이 재명의 머릿속에 맴돈다. 술과 업소에 연관된 여자들은 아예 사람 취급도 하지 않는 듯한 접근이 재명을 잠시 감상적으로 만든다. 하지만 재명은 이내 엑셀 파일에 적힌 정보에 집중한다. 윤은 재명이 이미 그들의 신상을 파악하고 있을 것으로 짐작하고, 그들에 대한 부가 설명을 짧게 추가한다.

"금감원, 증권회사, 부동산 브로커들이에요. 멤버십 회원이고."

"마지막 친구는 많이 본 것 같은데."

이미지 파일을 도배한 연예인. 레게 머리에 십자가 피어싱이 트레이드마크처럼 보인다.

"응. 잘 봤어요. 몽키라고."

"가수 몽키 말이야?"

"예. 그 친구가 장난 아니죠."

"그러겠네. 장난…… 아니겠지."

"지금 막 들어온 정보인데 이것까지 얹어드려요?"

"당연하지. 지금 통장에 입금했으니까 정보 아끼지 말고."

장사꾼에게는 아무리 형사라 해도 돈으로 장난할 수 없다는 걸 재명은 잘 알고 있다. 정보원들을 단지 보호해준다는 명목으로 건사하는 것도 옛말. 윤으로부터 오늘 새벽, 카르멘 호텔 펜트하우스에서의 집단 살인사건을 듣는 순간, 재명은 거액의 도박 빚이란 마음속 중압에도 바로 정보 수수료를 송금한다.

"막 30분 전에 시체들 치워 갔어요."

"누가? 경찰이?"

"당연히 아니죠. 멤버십의 용역 애들이 데려간 것 같아요."

"그래……?"

"이렇게 접근한 사이즈 보니까 여자애들은 던지기 하고 나머지 다섯은 개별 사건으로 처리할 것 같은데, 어떻게 돈 좀 만들어보시죠."

"새끼, 그다음부터는 네가 걱정 안 해줘도 내가 알아서 해. 일단 끊자."

*

전화를 끊자마자 재명은 가장 먼저 서랍을 열고 명함부터 찾는다. 서랍 내부에 한가득 쌓인 명함 중에서 『스타뉴스』 연예부 김 기자의 명함을 뽑아 바로 전화를 건다. 상대는 오전 6시 30분이란 어중간한 시간대에도 전화벨이 울리기 시작한 지 두 번 만에 반응을 보인다.

"예. 조재명 경위님이시죠."

"기억력이 좋으시네요."

"여부가 있습니까. 지난번에 K씨 필로폰 사건 정보 주셨잖아요. 지금도 감사의 마음, 잊지 않고 있습니다. 그런데……."

'그런데'라는 접속사를 듣자마자 재명은 판에 박힌 듯한 익숙한 패턴이 지루하면서도 안심이 된다. 대한민국에 신문, 방송, 인터넷 1인 방송까지 합쳐 연예 관련 파파라치만 수만이 넘는다. 그들에게 연예인들의 특종, 그중에서도 죽음과 관련된 정보는 대박으로 이어지는 지름길이다. 김 기자란 작자 역시 오전 6시 30분에 전화한 강남 강력계 형사의 전화에 촉각을 곤두세울 수밖에 없는 것이다. 그런 심리를 미리 파악한 재명은 김 기자의 말을 가로막고 먼저 말한다.

"가수 몽키와 관련해서 재밌는 루머 하나 던져주려고……. 아직은 카더라통신이지만 먼저 뿌리면 후회하진 않을 거요."

6

로펌 Y에서 시행되는 오전 9시 정기 회의엔 스타벅스 아메리카노 벤티 사이즈가 단골 메뉴처럼 등장한다. 거기에 500밀리 생수병과 타이레놀 두 정도 추가된다.

아침에 벤티 사이즈의 아메리카노를 전부 마시고 타이레놀까지 털고 나면 오전 내내 두 가지 생각 말고는 떠오르는 게 없다. 어떻게 해서든 사건을 마무리하겠다는 워커홀릭으로서의 다짐과 섹스에 대한 공상뿐이다. 민규는 섹스의 공상에 사로잡힌다. 침실 벽에 걸어놓은 〈풀밭 위의 식사〉를 어쩔 수 없이 떠올리며.

대형 로펌의 정기 회의지만 비밀리에 진행되는 경우가 허다하다. 로펌 7년 차인 민규가 참석하는 회의는 100퍼센트 비밀회의다. 우진을 제외한 선후배 동료 변호사 모두가 자랑스럽게 생각하는 대한민국 1등 규모의 초대형 기업형 로펌 Y에서 민규가 무슨 일을 하는지 아는 사람은 없다. 그가 뭔가 특수 분야의 일

을 하거나 아니면 대기업에 꽂아 넣은 로열패밀리 소속의 낙하
산이거나. 이 두 가지 생각이 민규를 바라볼 때 품는 관점의 전
부다. 하지만 민규는 불행인지 다행인지 로열패밀리 소속도 특
수 분야 전문가도 아니다. 그는 설계자다.

실제 발생한 사건을 고객이 의도하는 상황과 배경에 맞춰 재
구성하는 것이 민규가 하는 일이다. 고난이도의 기술을 요구하
는 업무도 아니지만 그렇다고 아무나 덥석 물어 할 수 있는 일도
아니다. 법이 인간 생활에 기여할 거라는 일말의 기대나 낭만적
인 생각을 갖고 있다면 절대 민규와 같은 설계자가 될 수 없다.
설계자에게는 고객의 의도가 사건의 배경이자 사건 그 자체다.
사건의 진실과 실체 역시도 고객의 의도에서 벗어나선 안 된다.
민규의 설계는 그런 점에서 지금까지 오류를 보인 적이 없다. 성
공률 100퍼센트를 유지하고 있다. 그래서일까. 로펌 대표도 민
규를 스카우트한 선배 우진도, 사건의 스케일이 주는 부담감이
큼에도 이를 처리할 선수가 민규란 사실에 안심하고 있다.

*

9시 회의가 시작되면서 회의실은 두 곳으로 나뉜다. 들어온
대회의실에서 민규는 한동안 혼자다. 벤티 사이즈의 아메리카
노를 내려놓고 가만히 자리에 앉아 대회의실 주변을 둘러본다.
아무도 없다. 방금 전까지만 해도 회의 참석을 위해 승강기에 함
께 탔던 정장 차림의 남녀 변호사의 흔적을 찾아볼 수 없다. 족

히 100평 남짓한 대회의실에 이렇게 민규 혼자다. 초대형 로펌 Y에 소속된 100명 가까이 되는 변호사들이 회의하는 장소는 대회의실이 아닌 바로 옆 세미나실이다. 그들의 말소리가 희미한 메아리 혹은 뜻을 알 수 없는 방언이 되어 민규의 귓가에 아득하게 들려온다. 민규가 가만히 두 손으로 귀를 막아보지만 소용없다. 전체적으로 고요한 절대 침묵이 지속되면서 저 멀리서 들려오는 불규칙한 북소리처럼 알아듣기 힘든 소리가 민규의 심장을 뛰게 한다.

늘 겪는 일이지만 설계자인 민규는 둘로 분리된 회의 진행이 설계자인 자신을 특별 대우하는 방식이라기보다는 철저히 격리시키고 있다는 느낌을 받는다. 외딴 섬에서 그 누구도 검증하거나 알아주지 않는, 그 반대로 판단받지도 판단하지도 않는 무결정과 무의미의 고립, 그 늪 속에서 허우적거리는 느낌을 지우기가 어렵다. 그것이 설계자로 입문해 성공률 100퍼센트의 성과를 거둔 민규가 느끼는 허탈감이었다.

잠시 후, 김 대표가 들어온다. 김 대표를 수행하는 것으로 보이는 우진이 대표가 앉을 자리에 자료를 내려놓고 빔프로젝트 상태를 확인한다. 대형 로펌이나 중역들의 회의에서 당연히 등장함 직한 비서나 부하 직원들의 응대는 보이지 않는다. 그런 허드렛일을 하는 건 우진이다.

구부정하게 숙인 허리에 창백한 표정을 지은 김 대표가 자리에 앉은 뒤 가장 먼저 한 일은 민규를 살피는 일이다. 민규는 김 대표의 창백한 낯빛, 차가운 눈동자와 정면으로 마주하고 싶지 않아 고개를 숙이거나 시선을 다른 곳, 빔프로젝트가 비추는 스크린으로 향한다. 하지만 김 대표의 시선은 요지부동, 민규의 상태나 심리를 헤아리는 데 할애된다. 부담스러울 정도로 집요한 눈빛. 민규 역시 어떤 오기가 발동했는지 자신을 바라보는 김 대표와 시선을 마주하지 않는다.

머리 전체가 백발인 김 대표가 타이레놀 두 정을 생수가 아닌 아메리카노와 함께 삼키는 동안 우진이 민규에게 말을 건넨다. 김 대표, 우진, 민규가 참석하고 있는 비밀회의의 스크린을 잠식한 벽면으로 몇 시간 전에 죽은 몽키의 활짝 웃고 있는 공항 사진이 보인다.

"다른 브이아이피들은 처리가 어때?"

우진의 말이 이어지자마자 민규가 아이패드를 터치해 빔프로젝트 화면의 사진을 전환한다. 첫 번째로 금감원 과장이란 인물부터 보인다.

"김장원 금융감독원 과장은 테헤란로14길 차 안에서 심근경색으로 사망한 걸로 처리하겠습니다."

민규의 설명에 타이레놀을 삼킨 백발의 김 대표가 묻는다.

"심근경색이 괜찮겠어? 지병이 없던 걸로 나오던데."

"심근경색만큼 돌연히 찾아올 확률이 높은 병은 없습니다. 몸에 남아 있는 필로폰 성분을 처리하고 나서 바로 국과수와 입을 맞추면 뒤탈은 없을 것 같습니다. 야근 뒤 급성으로 사망한 전형적인 산재라고 아내와 자식들에게 말해주면 보험금에 재해보상금 수령하려고 부검 시도는 안 할 거고요."

이번엔 우진이 묻는다.

"그런데 왜 테헤란로14길이야?"

민규가 아이패드를 터치해 다음 화면으로 넘기며 답한다.

"거기가 최근에 공사 중이라 CCTV 사각지대라서요. 그다음은 부동산 브로커 최영민 씨인데요. 이 사람은 강원도 자신의 사업부지 쪽으로 사망 장소를 이동할 예정입니다. 팩트 재구성 방법은……"

"아. 그만."

"……?"

"남자 네 명은 김 변이 알아서 처리하는 걸로 해. 더 보고 안해도 되겠어."

김 대표가 민규의 말을 가로막고 자신의 아이패드로 다섯 명의 남자 시체 중 가장 주목하고 주목당하는 인물, 몽키를 다시 빔프로젝트에 띄운 뒤 말을 잇는다.

"몽키는 아이돌 중에서도 언론 노출 빈도수가 매우 높아."

우진이 김 대표의 말을 거든다.

"어떻게 죽었다고 하더라도 여론이 시끄러워지는 걸 아예 잠재우긴 어렵습니다."

그렇게 말한 우진도, 다시 빔프로젝트에 환하게 웃는 레게 머리의 몽키를 띄운 김 대표도, 민규를 바라본다. 민규가 잠시 숨을 고른 뒤 역시 몽키의 사진을 바라보며 짧게 말한다.

"연예인, 그것도 싱어송라이터의 죽음에는 신화가 필요합니다. 여론몰이에 그 정도로 임팩트 있는 것도 없고요."

"신화라면 어떻게 처리하자는 거지?"

민규가 몽키의 다른 사진을 돌려 보며 말을 잇는다. 올해의 연예 단신이 스크랩된 사진인데, 기사 속 헤드라인에 '아이돌 랩퍼 몽키. 올해의 아시아어워드 남자 가수상 수상'이란 멘트가 적혀 있다.

"자살로 가야죠."

자살. 아이돌 가수의 자살이라면 그 자체로 충분한 이슈가 된다. 민규의 계산에는 충분한 이슈가 허술한 수사와 동일한 가치로 인지된다. 민규는 자신이 갖고 있는 인지된 신념을 김 대표가 묻기 전에는 설명하지 않을 심사인지 침묵을 지킨다. 우진이 민규의 침묵에 별다르게 반응하지 않고 김 대표를 힐끗 살핀다. 김 대표는 아이패드로 몽키의 다른 사진과 기사들을 빠른 속도로 돌려 본다. 아이패드 화면이 터치될수록 프로젝트의 화면도 빠르게 움직인다. 역동적으로 랩을 하는 몽키의 트레일러 동영상도 스케치하듯 움직인다.

잠시 후, 김 대표가 혼잣말하듯 말문을 연다.

"그 외엔 방법이 없나?"

"확률상 고객 의도에 가장 맞는 설계는 자살입니다. 다른 대안들과의 확률 격차가 너무 큽니다."

"가족이나 다른 관계자들은?"

"조용히 있을 스타일은 아닙니다. 몽키를 어렸을 때부터 소속사 연습생으로 육성한 게 어머니 쪽이라고 하고요. 타협보다는 정면 대응 쪽으로 갈 생각입니다."

"정면 대응 전략은 설계해두었나?"

"예. 별도로 말씀드리진 않겠습니다."

"그래…… 그럼, 그렇게 가지. 자살로."

"그럼 몽키부터 설계 시작하겠습니다. 몽키 일로 시끄러워질 때, 나머지 네 명은 연속으로 다른 개별 장소로 설계하면 카르멘 사건은 수면 아래로 가라앉을 겁니다."

"그래……. 그런데 김 변."

"네."

민규를 부른 뒤 김 대표는 우진에게 짧게 지시하듯 한마디 남긴다.

"설계자와 단둘이 할 이야기가 있는데……."

"네. 알겠습니다."

눈치 빠른 행동이 최대 강점인 우진은 김 대표의 말이 끝나자마자 대회의실 밖으로 나간다. 회의실 문이 닫히고 김 대표는 생수병을 입에 대고 한 모금 시원하게 들이켠다. 그사이 민규 역시 벤티 사이즈 아메리카노를 빠른 속도로 마신다. 어느새 그 많던 액상이 바닥을 드러내고 있다.

민규는 그제야 김 대표와 시선을 마주한다. 우진이나 민규 모두 김 대표가 선문답을 즐기는 스타일이라는 것을 잘 알고 있다. 그렇기에 어떤 예상 불허의 질문이 올지 조금은 성가신 표정이다. 우진은 머리부터 발끝까지, 김 대표라는 존재 전체가 자본을 알파와 오메가로 삼으며 현인 흉내를 내는 것에 역겨워하곤 했다. 바에서 벌어진 술자리의 끝에서 우진이 남기는 고정 레퍼토리를 민규는 비교적 또렷이 기억하고 있다.

'대단한 것도 없으면서 지가 세상에서 가장 잘난 도인인 것처럼 구는 거, 난 그런 게 재수 없어. 지나 나나 뭐가 달라? 법을 이용해 거둬들이는 떼돈에 환장한 미친 아재 아님 늙은이잖아. 내 말 틀려?'

하지만 지금, 김 대표와 독대하는 민규는 역겨운 감정조차 남아 있지 않다. 어쨌든 김 대표의 선문답은 관례처럼 이어진다.

"김 변은 이 일들을 의뢰한 고객이 누군지 궁금하지 않나?"

김 대표의 질문에 대한 민규의 반응은 즉각적이다.

"전혀 궁금하지 않습니다. 제 고용인은 대표님이니까요."

"그래. 역시 자네다운 대답이야. 그럼 나도 일방적으로 내가 하고 싶은 말 한마디 해볼까?"

"말씀하십시오."

"알 필요가 없지."

"예?"

"우린 돈만 받을 뿐이야. 고객이 누군지 관심 없다고."

"……."

"자네도 지금 날 그렇게 생각하지?"

"어떻게요?"

"결국에는 돈 챙기는 게 우선인 장사꾼이 법조인, 현인, 교주 흉내 낸다고 말이야."

"아닙니다. 그렇게 생각하지 않습니다."

"그 믿음…… 버려."

"······?"

"난 그냥 돈에 환장한 놈이야. 누가 찔려 죽든, 목매달아 죽든 관심 없어. 그냥 돈이 중요하다고."

"그런 말씀을 지금 제게 특별히 남기시는 이유가 뭡니까?"

"칭찬이야."

"무슨 칭찬요?"

"자네의 그 멘털이 부러워. 세상 어느 것에도 가치를 두지 않고 그냥 자네가 생각하는 그대로 있잖아."

"대표님도 마찬가지십니다."

"난 돈에 약하잖아. 김 변처럼 돈에조차 무관심했으면 이 일, 맡지도 않았어."

7

실장이란 직함이 적힌, 금박의 테두리가 인상적인 명함을 건넨 삼십대 초반의 기획사 임원은 민규를 보며 난처한 표정을 짓는다. 민규는 그녀의 표정을 물끄러미 바라본다. 아직은 신입에 가까운 대기업 직원이 처리하기 어려운 업무를, 망설이는 이상의 감정이 섞여 들지는 않은 표정으로 대하고 있다. 실장의 얼굴 표정을 얼핏 살피던 민규는 그 무표정에 가까운, 애써 훈련받은 건조한 표정을 이곳 강남에서 지나치게 익숙히 봐온 듯한 느낌을 받는다. 강남에서는 표정 트레이닝을 별도로 받아야 하는 어떤 진입 장벽이 있다는 느낌도 함께.

민규가 건넨 파일 속 내용을 페이지 수까지 자세히 살피던 실장이 갑자기 파일을 덮는다. 그러곤 조금 시간을 끌기 위한 수단으로 자리에서 일어나 창가 블라인드를 내린다. 몽키의 소속사 중에 가장 크면서도 쓸모없는 곳으로 유명한 회의실 내부는 순식간에 어둑어둑해진다. 잠시 후, 실장이 무겁게 입을 연다.

"자살로 하자고요?"

민규가 건넨 보고서의 결론을 한 문장으로 요약한 질문이다. 민규가 고개를 끄덕인 뒤 답한다.

"보고서에 적힌 대로 언론 릴리스 준비하시면 됩니다. 가급적 기자회견을 통해 발표하는 걸 추천하고요."

"왜죠?"

"공식 석상에서 발표하면 신뢰성이 높아지니까요."

그녀가 고개를 가볍게 끄덕인 뒤 답한다.

"알겠어요. 오늘 저녁에 발표할게요."

"경찰 측 발표자는 저희가 섭외해놓겠습니다. 그때까지 대본 숙지 잘해주세요."

"대본이요?"

"몽키가 언제 어떻게 자살했는지, 유서 내용은 무엇인지 말이에요. 보고서에 적힌 그대로 발표하셔야 합니다. 그리고 당부하는데 기자 질문은 받지 마세요."

민규가 말을 끝낸 뒤 블라인드 틈 사이로 꽤 많은 이들의 눈동자와 마주친다. 로드매니저, 스타일리스트, 스케줄 관리자, 홍보 전문가 등. '몽키'라는 주식회사를 통해 월급을 수령받는 이들이다. 민규는 그들의 표정에서도 '몽키'라는 이름의 주식회사가 부도났다는 아쉬움이 읽히는 게 왠지 모르게 성가시다.

말을 끝낸 민규가 자리에서 일어서자, 실장이 지나가는 말로 말한다.

"그럼, 경찰이 꽤 빨리 온 거네요."

"무슨 말입니까?"

"1층 숍에 강남 강력계 형사가 기다리고 있어요."

"예?"

"다 알고 있다면서, 당신을 기다리겠다는데요."

*

"오랜만입니다."

몽키의 소속 기획사인 YM 사옥 1층에 위치한 플레이타운. 어른을 위한 놀이터라고 부르는 이곳의 구석진 테이블에 자리 잡고 앉아 있는 조재명을 향해 민규가 다가간다. 몸매가 그대로 드러나는 슈트에 노타이 차림의 푸른색 셔츠, 눈썹 밑을 걸치는 앞머리를 유지하는 생머리 스타일의 민규를 알아본 재명이 자리에서 일어나 그에게 악수를 청한다. 하지만 민규가 악수를 받지 않을 거라는 걸 알았는지 재명은 재빠르게 손을 거두고 다시 자리에 앉는다. 민규도 재명의 맞은편 자리에 따라 앉는다. 재명이 주위를 둘러보며 말문을 연다. 플레이타운이란 이름의 대형 공간은 아이들 놀이터보다 못한 조악한 테마파크 스타일이다.

"말이 좋아 신개념 놀이공간이지 완전 개판이네요."

"의뢰인에게 연락을 받고 오신 겁니까?"

민규가 바로 본론으로 들어가자 재명이 쓴웃음을 지으며 답한다.

"김 변호사는 참 변함이 없어요. 사람 사는 방식이 당신처럼 비인간적이면 좋겠네요. 머리, 꼬리 죄다 커트하고 몸통만 담백하게 얘기하고 일 끝나면 언제 봤느냐는 듯 모른 체하고 말이죠. 근데 말이야……."

재명이 럭키스트라이크를 입에 물고 민규에게도 한 개비 권한다. 민규가 고개를 저으며 주위를 둘러본다. 정오의 강남 한복판에 위치한 초대형 기획사의 1층 로비인데, 놀랍게도 사람들의 왕래를 찾아볼 수가 없다. 담배에 불을 붙이는 재명을 불쾌하게 쳐다보는 경호업체 직원들의 독기 어린 시선만이 인기척의 전부다.

"강남에서는 그렇게 사는 게 불가능하지 않나?"

"무슨 뜻이죠?"

"강남처럼 더럽게 인간적인 곳이 또 어디 있다고 이런 식으로 나오느냐 이 말이오."

"……."

"개장을 일주일 앞둔 호텔 펜트하우스에서 열 명이 피투성이 된 채 죽어 나갔어. 그런데 신문 기사는커녕 인터넷 찌라시 하나 없이 잠잠하네. 당신은 이런 걸 비인간적이라 생각하지. 난 반대야. 너무 인간적이라 이런 설계가 가능한 것 아닌가 싶어. 몽키도 그렇고."

재명이 작심하고 쏟아내자 민규가 다시 한번 주위를 둘러본다. 그러더니 슈트 안주머니에서 휴대폰을 꺼내 저장된 단축번호 2를 누른다. 선배 우진의 번호다. 우진은 통화 연결음을 두 번 넘기지 않고 전화를 받는다.

"김 변, 말해."

"선배, 자석이 붙었는데."

자신을 자석으로 지칭하는 민규를 바라보며 재명이 헛웃음을 터뜨린다. 실내에서 흡연을 계속하는 재명을 제지하려고 경비원들이 다가오는 걸 민규가 성가시게 바라보며 말을 잇는다.

"기밀이 새나가면 곤란한데."

대화 속 상대 우진이 빠르게 되묻는다.

"누군데?"

"강남 강력계 2반 조재명 팀장."

"바꿔."

민규가 바로 재명에게 자신의 전화를 건네준다. 경호원이 바로 앞까지 다가왔을 때에 맞춰 재명은 반쯤 남은 럭키스트라이크를 바닥에 떨어뜨린다.

재명이 선배 변호사 우진과 통화를 하는 사이 민규는 잠시 자리에서 일어나 1층 로비 창밖을 바라본다. YM 사옥이 위치한 압구정 가로수길의 정오는 분주하다. 오전에 장사를 준비하던 숍들이 일제히 오픈했으며, 마른 몸매와 깎아지른 얼굴을 가진 여성들이 테이크아웃 커피 잔을 손에 쥐고 움직인다. 초겨울에 비마저 후드득 내리는 날씨였지만 무거운 느낌의 옷차림은 찾아볼 수 없다.

민규는 말할 수 없는 음울한 배경을 가졌음에도 화려한 부조화를 지닌 압구정 가로수길을 바라보며 석 달 전, 늦여름의 한 사건을 생각한다.

*

새벽 3시 가로수길 초입에서 포르쉐 한 대가 미치광이 질주를 벌이더니 편의점 앞에서 지금의 재명처럼 럭키스트라이크를 입에 물고 불을 붙이던 검은 핫팬츠 차림의 여자를 들이받는다. 여자를 들이받고 그대로 편의점으로 질주할 것 같던 포르쉐는 여자만 정통으로 받아버린 뒤 편의점 앞에 얌전히 멈춰 선다. 이후, 포르쉐에서 내린 노랑머리에 십자가 피어싱을 하고 한여름임에도 가죽점퍼를 입은 운전자가 갑작스러운 충돌에 정신을 못 차렸는지 머리에서 피를 흘리는 여자를 구타하기 시작한다. 10분 가까이 여자의 온몸을 짓이긴 운전자는 여자가 의식불명이 된 듯 길바닥에 머리를 박고 움직임이 없어진 후에야 분이 풀렸는지 깊은 한숨과 영어로 된 욕설을 내뱉은 뒤 다시 차에 오른다. 그렇게 포르쉐는 떠나고 이후 한 시간 정도 지난 뒤 구급차가 와 여자를 데리고 간다.

운전자는 자수성가한 중견기업의 외아들, 핫팬츠 차림의 여자는 가로수길 건너편 한 가게의 콜걸이다. 사고 발생 후, 재판 결과 운전자는 무혐의 판결을 받고 여자는 의식을 찾지 못한 채 식물인간 상태로 한 달 정도 투병하다 끝내는 사망한다. 여자의 부모는 금치산자이고, 결국 여자는 시에서 화장을 진행해 시립 화장터로 옮겨진다. 증인도 나오고, 사방에서 CCTV에 찍힌 운전자지만 그 사고뭉치 외아들을 무혐의로 설계한 이는 바로 민규 자신과 강남 강력계 출신 조재명 경위였다. 포르쉐 운전자를 무혐의로 풀어주고 난 뒤 재명과 민규는 강남경찰서 정문에서 짧은 대화를 주고받은 뒤 헤어졌다. 그것으로 재명이 말한 인간적일 수밖에 없는 강남에서의 관계가 시작된 것이다.

"김민규 변호사…… 당신이 설계자였군. 설계자들이 있다고 하더니 정말이었어. 하나만 질문할게요. 괜찮죠?"

"필요한 말만 하시죠. 의뢰받은 건 외에 다른 질문은 받지 않겠습니다."

"그럴 수야 있나. 이것도 다 사람들끼리 먹고살자고 하는 짓인데……. 내 질문은 대단히 합리적인 건데 말이오. 이렇게 설계하고 성공하면 돌아오는 개런티가 어느 정도요?"

*

"김민규 변호사님."

선배 우진과 통화를 끝낸 재명이 로비 창문에 서 있는 민규에게 다가와 직접 휴대폰을 건네주며 말한다.

"얘기 끝냈습니다. 오늘 저녁, 몽키의 자살 발표는 강남 강력계에서 합니다."

"언론 브리핑은 누가 합니까?"

"통상 이런 식의 유명인 사건 발표는 윗선에서 얼굴마담을 내세우는 편인데…… 그러면."

"그러면?"

"변호사님 일처리가 늘어날 것 같죠?"

"……."

"제 선에서 처리하겠습니다. 발표까지 마무리하죠."

휴대폰을 받은 민규가 재명의 얼굴을 다시 쳐다본다. 그때, 민
규는 재명의 표정에서 강남에서 봐오던 익숙한 무표정과는 다
른 무표정이 존재함을 알게 된다. 그게 재명이 말한 것처럼 인간
적인 것인지는 확신할 수 없지만.

8
—

 어린아이 머리만 한 창문 사이로 뜨거운 한 줄기 빛이 파고든
다. 재명의 시선은 창문보다 두 배는 큰 거울을 향하고 있지만
창문 틈새로 파고든 빛이 거울에 비친 탓에 절로 인상이 찡그려
진다. 잿빛 슈트를 입고 타이까지 맨 재명이 거울을 보며 왁스를
바르고 머리를 올린다. 거뭇거뭇한 수염까지 오랜만에 깎고 나
니 재명의 얼굴은 서른아홉, 그 나이대로 복귀한 듯 보인다. 이
마에 주름은 분명 늘어났지만 자신의 외모는 아직은 삼십대로
봐줄 만하다고 재명은 스스로 자위한다. 외모에 대한 재명의 자
신감은 수억 원의 빚을 지고도 아무 생각이 없는 철없는 남자의
객기와는 다른 것이다. 언론 발표를 앞두고 경찰서 화장실에서
얼굴과 옷매무새를 세심하게 다듬는 재명의 태도는 흡사 어이
없게 뒤엉켜버린 현실을 향해 정면 돌파하려는 의지를 나타내
는 듯하다.

'더럽게 엮였지만 언제나 그랬듯이 난 빠져나갈 수 있어.'

*

수백 번 넘게 플래시가 터졌을 것이다. 강남경찰서만의 특징을 잘 나타내는 공간인 언론홍보실에 들어선 재명은 정복 대신 슈트를 선택한 의도를 살리기 위해 빠르고 간결한 말투로 몽키의 자살 소식을 수십 명이 넘는 기자들 앞에서 발표한다.

"현재 가수로 활동 중인 연예인 몽키, 본명 민이설 씨는 어젯밤 12시경 자신의 기획사인 YM 사옥 5층에 위치한 연습실에서 사망하였습니다. 정확한 사인은 국립과학수사연구소에 부검을 의뢰해봐야겠지만 현재로서는 자살로 추정됩니다."

질문이 쏟아지려는 순간, 재명은 간단히 눈인사하고 단상을 빠져나온다. 카메라플래시가 더욱 요란하게 터진다. 재명이 나가는 동선을 잘 안다는 듯 기자들의 아우성에 가까운 질문들을 무시한 채 비상계단으로 빠져나간다. 언론 발표에 앞서 재명에게 미리 지시를 받은 후배 형사들이 비상문을 가로막고 서서 재명에게 다가가려는 기자들의 시도를 원천 봉쇄한다. 재명은 간단하게 기자들을 따돌리고 경찰서 밖 후문 주차장에 시동을 걸고 주차해 있는 벤츠에 올라탄다. 차문은 잠기지 않았고, 운전석에는 민규가 앉아 있다. 재명이 타자마자 민규는 기어를 변속하고 빠른 속도로 경찰서를 빠져나간다.

"빨리 끝내셨네요."

"오래 끌 것 있나요."

"이제 일 처리 하나만 하시면 됩니다."

민규의 말을 듣자마자 재명은 짐작한다는 듯 고개를 끄덕인다.

"국과수에 가서 입 맞추기만 하면 끝나는 거죠?"

민규는 재명의 마지막 질문에는 답하지 않는다.

9
—

연구원 가운 대신 괴상한 향수 냄새로 가득한 오버핏 재킷 차림을 한 남자가 각종 서류들을 재명에게 건넨다. 그사이, 민규는 국립과학수사연구소로 넘어온 몽키의 시체를 물끄러미 바라본다. 소독을 했음에도 눈가 밑이나 손톱 끝에는 여전히 누군가의 것으로 보이는 피의 흔적이 묻어 있다.

서류들을 검토하던 재명을 보던 연구원이 담배를 입에 문다. 민규가 연구원에게 불을 붙여주는 순간, 그제야 둘의 시선이 마주친다. 연구원의 눈과 마주친 재명은 어색한 미소를 지으며 인사말을 대신한다.

"자주 보네요."

"그러게요. 이렇게 자주 보면 피차 피곤한 거 아닌가."

"유족이 부검 부동의서에 서명했다고요."

"응. 그걸로 끝난 거죠. 부검 안 하겠다는데 우리 국과수라고

별수 있나. 시체 넘겨야죠."

"넘기는 즉시 화장하도록 지시해놨습니다."

"이번에도 스트레이트하게 밀어붙이네. 알아서 해요."

연구원과 사무적인 대화를 끝낸 재명은 민규를 바라본다. 민규의 시선은 내내 몽키에게 집중되어 있다. 재명은 민규가 죽은 사람을 혐오나 두려움으로 쳐다보는 게 아니라 진지한 호기심으로 바라봄을 느낀다. 그사이 연구원이 슬쩍 밖으로 나간다. 재명은 여전히 시체에서 눈을 떼지 않는 민규에게 말을 건넨다.

"더 처리할 거 남았어요?"

"피가 너무 많이 묻었고 잡내가 섞여 있어요."

"잡내라……."

"10분만 주세요."

*

민규와 몽키, 산 자와 죽은 자가 한 공간에 침묵으로 함께한다. 민규는 수술 장갑을 낀 채로 몽키의 몸 곳곳을 소독하고, 아직 마르지 않은 경동맥에 주사를 주입해 약물 투약으로 오염된 흔적을 지우는 일을 무감각하게 계속한다. 감각이 느껴지는 게 이상할 정도로 민규는 자기 앞에 있는 몽키가 하나의 사물, 그 이상이나 이하의 감정으로 다가오지 않는다. 어떤 공포심도 엄습하지 않는다. 미신적인 공포나 두려움도 민규를 괴롭히지 않는다. 역한 구역질을 유발케 하는 피비린내만이 그를 성가시게 하는 전부다.

작업이 마무리되어갈 즈음 민규가 몽키를 내려다본다. 화학
약품으로 얼굴을 소독한 효과일까. 피딱지와 핏물로 엉망이 되
어 있던 얼굴이 놀랄 만큼 깨끗해졌다. 하얗다는 느낌을 넘어서
서 전체적으로 푸른빛을 머금은 상태다. 그것은 마치 짙푸른 직
사각형의 수족관 속에 죽은 채로 표류하는 상어를 닮았다.

몽키의 얼굴을 한동안 응시하던 민규가 어느 순간 몽키에게
서 시선을 거둔다. 그러고는 고개를 세차게 두어 번 흔든다. 민
규는 이 순간 어떤 의미에서만큼은 감정의 동요를 격발시키고
싶다. 시체를 매만지고 있는 자신이 이 모든 과정을, 상상을 초
월한 인건비를 벌어들이는 근로자가 아닌, 윤리적 감각을 지닌
한 인간의 감각으로 받아들이고 싶다. 하지만 그것은 부질없는
시도가 되어 부메랑처럼 민규에게 더 견고하고 딱딱한 죽은 감
정으로 되돌아온다. 민규는 알고 싶다. 도대체 자신에게 어느 순
간부터 이런 식의 무류한 감정과 이성 세계가 형성되었는지. 하
지만 창백한 백색 불빛만이 침묵과 함께 흐르는 이 공간은 아무
답도 주지 않는다.

*

연구원은 10분이 아닌 30분이 지나서야 돌아왔다. 연구원이
자리를 비운 사이 민규는 각종 의료 장비를 이용해 몽키의 몸에
혹시라도 남아 있을 타인의 흔적들을 지워낸다. 그 과정을 재명

은 팔짱을 끼고 지켜본다. 때론 지루해 한숨 쉬기도 하고, 때론 로드킬당한 야생동물을 쳐다보듯 인상을 찡그리며 관찰하듯 바라본다.

처리를 끝낸 민규가 한 걸음 물러서서 난간에 엉덩이를 기댄다. 그러곤 팔꿈치 위까지 걷어 올렸던 셔츠 소매를 내리며 휴대폰을 꺼내 어딘가에 메시지를 보낸다. 연구원이 나간 지 20분 만에 끝낸 일이다. 재명은 제법 편안하게 눈을 감고 잠들어 있는 몽키를 바라보며 말을 건넨다.

"몽키 부모는 어떻게 구워삶은 거요?"

"설득했다고 해두죠."

"그러니까, 그 설득을 어떻게 그렇게 간단하게 하느냐고. 내가 보니까 찾아가지도 않고 대충 메시지로 처리하는 것 같던데."

"일단 몽키 부모들…… 미국에 있는데 친부모는 아니에요."

"친부모가 아니라면?"

"대충 복잡하게 얽혀 있는 가족사를 가진, 그래서 배우로 쓰는 인물들이죠. 부모가 없으면 언론에서 이상하게 여길 테니까."

"그래도 법적으로 부모는 맞잖아요? 그 입을 어떻게 막았냐고?"

재명의 질문을 받은 민규가 잠시 뜸을 들인다. 이후 그는 벗었던 수술 장갑을 다시 착용하곤 핀셋으로 몽키의 입을 벌려 혀를 있는 힘껏 잡아당긴다. 그러고는 백색 설태가 잔뜩 스며든 혓바닥을 소독하기 시작한다. 마지막 흔적을 지우는 중이다. 몽키의 처리가 마무리되고 나서야 재명의 질문에 대한 민규의 답이 이어진다.

"사진을 보여줬죠."

"어떤 사진?"

"원래 사진, 디자인되기 이전. 당신도 봤잖아요."

민규의 말에 재명이 고개를 끄덕인다. 하지만 별로 공감하는 표정은 아니다.

"그리고 물었어요. 아드님이 그룹 섹스에 필로폰에 취해 있던 중 사망했다고. 대중에게 어떻게 기억되기를 원하시냐고."

민규의 말 속에 담긴 의도를 짐작한 재명이 다시 한번 천천히 고개를 끄덕이며 말한다.

"편하네. 그것보단 자살이 훨씬 명예롭겠군요. 그나저나……."

"……?"

"이렇게 설계하고 묻히면 어떻게 되는 거요?"

"그게 왜 알고 싶은 겁니까?"

민규가 되묻자 재명은 잠시 망설이다 쓴웃음부터 짓는다. 그리고 재명은 답한다. 아니, 되묻는다.

"당신은 정말 아무렇지도 않소?"

재명이 다소 격양된 목소리로 묻자 부검실 내부에 야릇한 하울링이 퍼져 나간다. 재명은 자신의 다음 말을 기다리는 민규에게 변명하듯 덧붙여 말한다.

"시체를 닦을 때나 죽은 이의 몸에서 잠내가 난다고 말할 때 당신의 표정, 살아 있는 사람 같지가 않아서 그래요."

"……."

"미안한데 정말 궁금해서 물어보는 거요. 솔직하게 대답해줬으면 좋겠어."

"솔직한 대답보다는 당신에게 받은 질문에 대한 답으로써만 말할게요."

"나 참……."

"……설계된 그대로가 팩트로 남게 됩니다. 아이돌 가수 몽키는 자살한 거예요. 그게 공식 기록입니다."

"알겠어요. 더 묻지 않을 테니 그 장갑이나 벗어요. 당신 말대로 이 공간에 떠다니는 잡내 때문에 역해서 참을 수가 없어."

10

민규의 말처럼 아무리 씻어내도 잔류하는 잡내란 게 정말 존재하는 걸까. 재명은 독한 진토닉을 연거푸 석 잔 입안으로 들이부으면서도 찝찝한 기분이 가시지 않는 것에 답답해한다. 그런 마음을 아는지 모르는지, 아니면 타인의 마음 따위는 처음부터 안중에도 없는 건지 재명이 정보원으로 쓰는 윤은 폰을 꺼내 검색하는 데에만 열중한다. 그러더니 재명이 진토닉을 네 잔째 마시던 즈음, 윤도 폰을 테이블 위에 올려놓고는 재명을 따라 진토닉을 마시며 말을 꺼낸다.

"고급 정보는 진짜 따로 있어요. 그리고 그런 종류의 정보들은 의외로 흔하게 곳곳에 널려 있죠."

"몽키에 대한 이야기야?"

"절반은 맞고 절반은 틀린데, 정확히 말하면 몽키가 아니라 민이설에 대한 이야기예요."

'민이설'이란 이름 석 자가 재명과 정보원 윤 사이, 그리고 둘이 나란히 앉아 있는 논현역 근처의 지하 바 주위로 은밀한 공기가 되어 흐르는 사이, 재명의 눈길은 바 정면에 걸려 있는 한 폭의 그림을 향한다. 두 여자와 두 남자의 목가적이면서도 퇴폐적인 배경 속에 펼쳐지는 이미지. 여자 둘은 알몸이고 남자 둘은 목덜미까지 완벽하게 정장 셔츠로 보호하면서 알몸인 여자들을 무표정하게 바라보고 있는 형상을 보고 있자니, 재명은 은근히 화가 치민다. 그림 속 여자들의 피투성이가 된 모습이 기시감처럼 겹쳐서 투영되었기 때문이다. 몽키 민이설도 벗은 몸이었다. 죽을 때에도 죽기 직전에도, 그는 아무것도 입지 않은 채 술과 마약 그리고 여자에 취해 정신 못 차리고 방황했을 것이다. 그런데 오늘 오후 국립과학수사연구소 부검실에서 목격한 민이설의 알몸은 놀라울 만큼 무구하고 투명해 보였다. 죄의식이나 불순함 그리고 열 명의 집단 사망 사건이란 엄청난 비극의 둔중함은 그 어디서도 찾아볼 수 없는 순수한 무표정이 몽키라는 아이돌의 열정을 상징하는 것처럼 보이게 한 것이다. 윤이 말을 잇는다.

"증권사 찌라시처럼 떠돌던 풍문인데, 이미 이 계통에서 알만한 사람은 알고 있는 정보이기는 한데……."

"뜸 들이지 말고 빨리 말해."

"민이설이 서린개발 민경식의 혼외 자식이란 정보예요."

"서린…… 개발?"

"강남권에서 활동하는 부동산 개발 회사 중에 단연 톱인 곳이에요."

그렇게 말한 윤이 휴대폰 화면 하나를 보여준다. 주식지표를 나타내는 그래프가 화면 전체를 장식한다. 재명이 되묻는다.

"이게 뭐야?"

"장외시장 주식 변동 폭인데…… 중요한 건."

윤이 터치펜으로 장외시장 종목 중 그래프에 나타난 종목 대부분을 크게 원으로 그리며 말을 잇는다.

"이 종목들, 업체 이름만 다르지 모두 하나의 회사로 귀결되는 거죠."

"그 하나의 회사가 서린개발?"

윤이 고개를 끄덕인다. 재명이 되묻는다.

"자산 규모가 얼만데?"

"최소한 3조 원. 그 이상일 수도 있고요."

그 말을 들은 재명이 슬그머니 고개를 끄덕이며 말했다.

"이런 개발업체가 강남에 뿌리박고 있다……. 강남의 실질적 오너가 맞겠네."

"맞겠네가 아니라 맞아요."

"그런데…… 그게 말이 돼?"

"뭐가요?"

"서린인지 뭔지 하는 회사 뒤에 커다란 뒷배가 있는 거 아니야? 그렇지 않고서야 이럴 수는 없는 거잖아."

재명의 의문은 어쩌면 당연한 것이다.

대기업도 아니고 초유의 성공을 거둔 연예 기획사나 게임 개발업체도 아니고 상장사도 아닌 일개 개발 회사가 부동산 자산으로만 강남의 실질적 주인으로 군림할 수 있는 배경을 두고 업계 관계자들의 분석은 저마다 엇갈린다. 재벌 기업 3세들이 모여 출자한 페이퍼컴퍼니라는 분석에서부터 일본 야쿠자나 중국 삼합회와 같은 동북아시아의 검은돈이 집결된 투자처라는 설도 심심찮게 나돌곤 한다. 하지만 재명의 관심은 서린개발의 배경 따위에 고정되지 않는다. 윤이 폰을 다시 집어 들고는 SNS 삼매경에 빠져들며 툭 던지는 한마디에, 재명의 마음이 움직인다.

"민경식 회장 본 적 있어요?"

"내가 그 인간을 어떻게 봐?"

"찾아봐요. 흔하디흔하게 노출하고 다니는 인간이에요. 하지만 누구도 문제 삼지 않아요. 언론도 호의적이고 거의 무감각하게 민경식 회장을 다루고 있어요."

윤이 자신의 폰 액정에 나온 뉴스 기사 하나를 보여준다. '강남 재개발의 새로운 패러다임을 선도한다. 서린개발의 민경식.' 그렇고 그런 어용 경제신문 기사에 나온 홍보성 기사다. 지극히 평범한 동네의 연로한 공인중개사 정도로 보이는 민경식의 사진이 조그마하게 보인다. 재명이 사진 속 민경식의 얼굴을 보는 동안 윤이 말을 잇는다.

"민경식 회장이 형님을 찾아요."

"뭐?"

"나한테도 이미 연락처를 물어 왔는데."

"이 새끼가 미쳤나. 누가 너더러 내 개인번호를 함부로 알리고 다니래?"

"결론부터 말할게요."

"결론이 뭔데?"

"이거…… 꽤 돈 냄새가 나요."

윤이 그렇게 말하는 사이 재명의 폰으로 한 통의 전화가 걸려온다. 재명이 계속해서 진동하는 자신의 휴대폰과 윤을 번갈아 쳐다본다. 윤이 반쯤 남은 진토닉을 마저 비우고는 자리에서 일어선다.

"받아보세요. 손해 보는 일은 없을 거예요."

윤까지 자리를 비우고 난 이후에도 전화는 계속해서 울린다. 두 번, 세 번. 재명의 폰 화면 위로 같은 번호의 부재중 통화가 쌓이고 또 쌓인다. 그럼에도 상대의 인내심은 대단하다. 포기하지 않고 재명에게 전화를 걸고 또 걸어온다.

결국 재명은 다섯 번째 진토닉 잔을 비우고 나서, 전화를 받는다. 나지막한 혼잣말과 함께.

"씨발. 잘못되어도 죽기밖에 더하겠냐."

*

"여보세요."

"사우나라도 다녀온 거요? 전화를 꽤 늦게 받는군."

한마디만 들어도 예측이 가능한, 나이가 지긋한 남자의 목소리다. 낮고 탁하게 깔리는 남자의 목소리는 그가 어떤 인생을 살아왔는지 짐작이 가능하게 한다. 재명은 급하게 삼킨 술 때문인지 갑자기 올라오는 흥분을 애써 가라앉히며 통화 속 상대에게 대응한다.

"누구십니까. 절 아세요?"

"알다마다. 조재명 경위 아니오. ······아마 우리 구면일걸."

"절 본 적이 있다고요?"

"그렇지."

"저······ 경찰 밥 먹는 사람입니다. 날 봤다면 경찰서나 감방일 텐데, 어르신."

"말해요."

"어르신이 뭐 유명한 조직폭력배라도 되는 겁니까?"

"보기보다 자기 자신에 대해서는 생각하지 않는 친구구먼."

"뭐라고요?"

재명은 통화 속 상대가 자신을 소개하지 않아도 민경식일 거란 짐작을 지우지 않는다. 그런데, 민경식은 재명의 예측을 뛰어넘는다. 그의 말을 듣는 순간 애써 짓누른 술기운이 다시 올라온다.

"하우스에서 강력반 조재명을 모르면 안 되지. 브이아이피룸에서 몇 번 봤지."

"유명한 회장님이 그런 조무래기들 푼돈에 관심 있으신 줄은 미처 몰랐네요."

"도박판은 말이요, 중독자들이 모이는 데가 아니야."

"······."

"사람 사는 일에 대해 최소한의 애정을 가진 이들이 빠지는 게 도박이야. 조재명 경위, 당신처럼 말이오.”

“무슨 말이 하고 싶으신 겁니까? 저한테 하실 말씀이 뭐죠?”

재명이 정색하며 묻는 순간, 민경식 역시 바로 대응한다. 진지하고 분명한 말투로.

“우리 좀 만납시다.”

“우리가 왜요? 무슨 사이라고.”

“당신이 날 만나야 할 이유는 아마도 차고 넘칠 텐데.”

“……”

“아까 도박판이란 말을 허투루 듣지 않았다면 말이야.”

“씨발.”

민경식의 마지막 말을 듣는 순간 재명의 입에서도 혼잣말처럼 나지막한 욕설 한마디가 튀어나온다. 어쩔 수 없는 반응이다.

“이 노인네, 지금 뭐 하자는 거야!”

11

"아저씨 같은 사람이 제일 별로예요. 그거 아세요?"

짙은 스모키화장을 한, 스무 살을 갓 넘긴 듯 보이는 여자가 민규에게 럭키스트라이크를 권하자 민규는 고개를 가로젓는다. 민규도 흡연을 하지만 하루 다섯 개비 이상은 초과하지 않는다. 저녁 7시. 한창 일을 준비하는 콜걸들의 집결지인 논현동 힐튼호텔 뒤편 원룸촌에 도착했을 때, 이미 민규는 하루에 정해진 다섯 개비의 담배를 모두 피운 뒤였다.

원룸 앞에서 여자는 한 장의 서류에 사인을 끝낸 뒤 담배 한 모금을 깊게 빨아 마신다. 그사이 서류를 확인한 민규가 5만 원 권 현금이 한가득 담긴 봉투를 여자에게 건넨다. 여자는 주저하지 않고 봉투를 챙기며 이내 자조적인 말을 침 뱉듯 내뱉는다.

"하긴…… 이런 거 챙기면서 다른 말 하는 나 같은 년도 쓰레기는 쓰레기지만."

"어울리지 않게 감상적으로 굴지 말고. 이 서류들, 각 서에 공증까지 처리된 거야. 나중에 번복해도 법적 효력 없습니다."

"그럴 리 없어요. 간단하잖아요. 나중에 경찰이 찾아와서 묻거나 하면 이 뒈진 년이 그날 저녁에 저랑 같이 있었다고 증언만하면 된다는 거잖아요."

"아마 조사하러 오지도 않을 겁니다만 만일의 경우, 경찰이나 다른 관계자가 찾아오면 그렇게 답하면 됩니다."

간단히 말을 끝낸 민규가 서울세관 사거리까지 걸어서 내려와 사거리 모서리에 위치한 스타벅스에 들어선다. 여러 명의 여자가 계산대 앞에 멈춰 서서 주문을 망설이는 틈에 잽싸게 아메리카노 벤티 사이즈를 주문하고는 구석 자리에 앉아 서류들을 한 장씩 펼친다. 그리고 폰으로 사진을 찍어 전송한다. 그사이 종업원이 아메리카노를 픽업대에 올려놓은 걸 확인하고는 일어나 컵을 집어 들고 다시 자리로 돌아온다.

저녁 8시 이후의 학동역 근처 스타벅스 안에는 세 종류의 사람들만 존재하는 듯 보인다. 논현, 강남, 압구정 근처의 클럽이나 룸, 단란주점에 나가는 여자들, 연예 기획사 오디션을 보거나 기획사를 통해 기회를 얻기 위해 서성거리는 여자들과 그들과 어떻게든 엮여보려고 기웃거리는 남자들, 그리고 퇴근길에 들르는 성형외과 관계자들. 민규는 문득 자신과 같은 부류의 사람도 이 세 종류의 사람들과 다를 바 없다는 생각을 해본다.

민규의 서류에 아주 작은 흘림체의 글씨로 적혀 있는 '카르멘 호텔 사건', 그중에서 다섯 여자의 알리바이를 조작하는 일은 지나칠 만큼 수월하고 빠르게 처리될 것이다. 그녀들의 신원을 조회해보면 미성년자이거나 지방 출신이다. 더욱이 업소 쪽에 거액의 빚을 깔고 있는 경우가 대부분이라 사채업자들에게 신분증을 저당 잡힌 상태여서 그녀들의 죽음을 돌연사나 미증유의 교통사고, 이도 저도 아니면 신변을 비관한 자살로 처리할 수 있도록 너무나 쉽게 디자인되었다. 사채업자를 찾아가 빚을 처리해주는 조건으로 희생자에 대해 거짓된 알리바이를 증언하도록 하고, 조재명을 통해 사고 처리에 대한 조서를 각자 개별 사건으로 처리하게 하는 일. 민규는 형사들이나 관계자들이 더욱 수월하게 이 조작 과정에 참여할 수 있도록 친절하게 조서나 서류 일체를 준비해서 제시한다. 희생자들의 주변 사람들을 탐문하듯 찾아가 협상하고 비밀 각서를 작성하고 이에 관련한 계약서에 서명을 받는 일까지 처리하는 데 걸린 시간은 사흘을 넘기지 않았다. 열 명 중 언론이 주목하는 죽음은 몽키뿐이다. 다른 아홉 중 네 남자는 언론에 단신으로 처리되었고, 나머지 다섯 여자는 언론에 언급되는 건 고사하고 경찰 조사조차 제대로 받지 못하고 묻히게 된다. 여자 희생자들의 사진과 신상을 살펴보던 민규는 한 명의 희생을 처리하는 데 사용된 비용이 평균 3천만 원을 넘지 않는 것을 깨닫는다. 인간의 가치가 산술적 차원으로 변환되면 얼마나 비루해지는지, 민규는 언제나처럼 덤덤하게 바라본다. 스무 살 남짓한 술집 출신의 여자에게 매겨지는 산술적 가치가 중형차 한 대 값도 안 되는 것이다.

서류를 정리하던 사이, 방금 전 돈 봉투를 챙긴 여자가 스타벅스 안으로 들어온다. 그러고는 민규의 맞은편 자리에 앉는다. 이 어폰을 꽂고 서류를 정리하던 민규가 말한다. 민규는 존대와 반말을 섞어가며 여자를 대한다. 변호사 일을 시작하면서부터 원하든 원치 않든 자연스럽게 익힌 습관이다.

"알아봤어?"

"네. 몽키가 자주 찾던 애첩은 따로 있었는데…… 죽은 다섯 명 중에는 없어요."

"그게 누군데요?"

"정혜주라고. 여기선 블루칩이에요. 하루에 아이돌 애들과 스리섬 두 탕이나 뛰었다고도 하고. 쩐에 완전히 눈먼 미친년이에요."

민규가 아이패드를 꺼내 새로운 폴더 하나를 열어 보인다. 강남, 압구정 일대의 홍보 전단지처럼 수집된 텐클럽 콜걸들의 신상과 사진이 적힌 파일이다.

명단 끝에 정혜주란 이름이 민규의 눈에 뜨인다. 여자가 에나멜 적색으로 네일케어한 손가락으로 화면 속 정혜주를 가리키며 말을 잇는다.

"이 친구예요."

"몽키의 애첩이라고?"

"예. 그런데, 몽키만이 아니라 다른 남자들과의 썸도 장난 아니었죠. 계속해요?"

"응. 계속해봐요."

"혜주는 꽤 사람 홀리는 매력이 있죠. 나이 든 노인네서부터 젊은 망나니들까지 죄다 꼬여 들었죠."

"그런데 정혜주, 이 여자가 몽키의 멤버십 파티에 참석하지 않았다고?"

"아니에요. 그날 혜주도 참여했어요."

"희생자 명단에는 없는데…… 참여는 했다? 그날, 카르멘 멤버십 파티에 참석한 멤버와 여자가 그럼 열 명이 아니라 열한 명이란 얘기네."

"제가 알기론 그래요. 따지고 보니 그날 그 파티에 내가 참석할 걸 죽은 내 동료가 참석한 거네요. 씨발, 일 나가기 싫어지네."

"알았어요. 가봐요."

여자는 발목 위까지 내려오는 알파카 코트에 짧은 핫팬츠 차림이다. 꼬았던 다리를 여러 번 바꾸던 여자가 입을 삐죽이며 자리에서 일어난다. 다른 서류들을 정리하고 이메일 전송 처리까지 모두 끝낸 민규가 그 뒤부터 한 일은 공격적으로 벤티 사이즈 아메리카노를 마시는 것이다. 거기에 또 한 가지, 민규는 아이패드 화면 가득 남아 있는 정혜주의 얼굴을 비교적 오랜 시간 바라본다. 정면이 아닌 측면 사진으로만 보이는 정혜주는 조금은 우울해 보이는 평범한 이십대 초반의 여자였다.

12

새벽 2시. 재명의 차가 압구정역 4번 출구 뒤편에 주차된다.

차에서 내린 재명의 눈에 가장 먼저 들어온 건 CCTV다. 가로수 하나에 한 개꼴로 설치된 CCTV. 어디로 눈을 돌려도 REC를 알리는 붉은 점이 깜빡거리는 CCTV가 모든 이의 감시자이자 심판자처럼 지켜보고 있는 실감을 재명에게 선사한다.

압구정역 4번 출구 뒤편에 위치한 주차 공간은 소망교회와 맞닿아 있다. 크고 높은 대형 아파트와 고급 백화점이 즐비한 강남권에서 소망교회를 중심으로 형성된 단층 건물들, 작은 옷가게와 작은 카페, 그리고 역시 작은 귀금속 가게는 재명에게 소박함이라기보다는 소박함을 가장한 질식할 것만 같은 부의 저장고란 느낌을 준다. 아마도 지금 만나게 될 서린개발 민경식 때문일 거라고 재명은 생각한다.

소망교회 주차장 뒤편 방치된 유휴 공간처럼 보이는 곳에 먼지 가득한 간판 하나가 보인다. 가까이서 살펴보면 간판에 불이 켜져 있는 걸 알 수 있지만, 누구도 그곳이 영업 중인 곳이라고는 미처 생각하지 못할 것이다.

새벽 2시. 재명이 간판 너머로 보이는 오래된 미닫이문을 열 때만 해도 그는 이런 곳에서 기다리고 있을 민경식이란 존재를 쉽게 상상하지 못했다. 하지만 막상 안으로 들어가보니 어떤 상상이든 가장 현실적이고 비루한 사실 앞에 놓이게 된다는 생각 때문에 재명은 갑자기 목이 마르다.

"앉아요."

재명이 새벽 2시에 들어선 압구정동에 위치한 그곳은 재래시장 선술집 같은 곳이었다. 부러 빈티지 느낌을 내려고 꾸민 것은 아닌 듯한데, 집기며 탁자 등 모든 것이 1980년대 술집 분위기가 나는 곱창집이다. 그곳에서 민경식 회장은 홀로 소주를 마시고 있다. 단체복을 떠올리게 하는 감색 점퍼에 코르덴바지를 입은 민경식의 모습은 도시의 밤이 찾아오면 어디서나 쉽게 볼 수 있는 나이 든 경비원의 모습을 닮았다. 재명은 민경식의 맞은편 자리에 앉는다. 그러자 민경식이 바로 재명 앞에 잔을 놓고 한가득 소주를 따른다. 투명한 액체가 쉽게 잔을 넘쳐흐른다.

"절 왜 보자고 하셨죠?"

민경식과 마주하는 재명의 머릿속에서 한 가지 생각이 지워지지 않는다. 정보원 윤이 한 말, 돈 냄새에 대한 제안이다. 재명을 실눈으로 흘겨보던 민경식은 재명의 속마음을 이미 다 알고 있다는 듯한 말들을 내뱉는다. 툭툭, 무심하게 내뱉는 그의 말투가 재명의 귀에 여느 때보다 더 선명히 와 박힌다.

"당신이 우리 아들을 자살했다고 발표했으니까."

"아들이라고요?"

"내 아들…… 몽키 말이야."

"미국에 있다는 몽키 부모가 몽키와 피 한 방울 안 섞였다더니 그 말이 사실이었나 보네요."

"지금 그딴 말을 들으려는 건 아닌데……."

아들이란 말을 먼저 꺼낸 건 민경식이다. 그것도 아무렇지 않게. 혼외자란 표현을 운운하던 재명은 이어진 민경식의 말에 강한 압박을 받는다. 재명의 표정이 자연스럽게 굳어버린다. 그런 재명의 얼굴을 흘겨보다가 민경식은 새롭게 따른 소주 한 잔을 빠르게 비운 뒤 말을 잇는다.

"정말 내 자식 놈이 자살한 거요? 아님, 그렇게 처리하는 게 피차 편하니까 그런 거요?"

"전…… 주어진 정보와 수사 내용을 바탕으로 발표한 것뿐입니다."

재명의 말이 끝나자마자 민경식이 헛웃음을 터뜨린다. 낮게, 하지만 집요하게 파고드는 가래 끓는 소리와 함께 뒤섞인 그의 웃음이 순식간에 재명을 긴장케 한다. 그리고 동시에 재명의 시선이 문 쪽으로 옮겨 간다. 입구 너머로 몇 명의 남자가 서 있는 모습이 눈에 띈다. 그중 재명에게도 낯이 익은 사람의 모습이 보인다. 강남의 밤을 지배하는 업소들의 대표로 알려진 박지웅 실장. 실체도 조직도 제대로 알려진 바 없지만 분명한 결속력을 갖고 밤의 강남을 혼음과 마약, 극한의 쾌락으로 인도하는 멤버십의 관리자인 그를 재명도 똑똑히 기억하고 있는 것이다. 그의 눈빛이 재명과 부딪치는 순간, 재명은 반사적으로 그에게서 시선을 피한다. 그사이 웃기를 멈춘 민경식이 팔짱을 끼고 재명을 보며 말을 꺼낸다.

"조재명 경위. 여러 말 않고 부탁 하나만 합시다."

"……?"

"내 아들 죽인 새끼, 잡아 와! 그것만 해줘요."

"몽키 말입니까?"

"내 아들 이름은 몽키가 아니야. 그 이름, 내 아들을 모독하는 것처럼 들립니다."

"죄송합니다."

"각설하고…… 내 아들을 죽인 인간을 잡아줘요. 뼈까지 싹다 발라 죽여주면 더 고맙고."

'죽여달라'는 말을 내뱉음과 함께 민경식의 표정은 무겁게 가라앉는다. 이후, 괜찮을까 싶을 정도로 민경식은 빠른 속도로 술을 마신다. 그사이 압구정에 있는 가게로는 도저히 믿을 수 없는 허름한 곳으로 들어선 박지웅 실장이 재명이 앉은 자리 위에 서류 한 장을 올려놓는다. 사채 도박 빚의 내역이 적힌 채무이행 각서다. 재명이 박 실장을 노려보고 있는데, 민경식이 계속 말을 이어간다.

"형사 양반. 짐승이든 사람이든 지 새끼가 죽으면 어떻게 돌변하는지 아시오?"

"……."

"그때부턴 살아 있어도 살아 있는 게 아니야. 지금 내 마음이 정확히 그렇소."

3분의 2 이상 남아 있던 소주병이 어느새 바닥을 드러낸다. 재명은 한 모금도 입에 대지 못한다. 술을 마실 수 있는 최소한의 여유도 휘발되었기 때문이다.

"일주일 주겠소. 그 안에 해결하면 당신 도박 빚도 해결되는 거고, 그렇지 않으면……."

민경식은 그다음 말을 생략한다. 하지만 재명은 그 의미를 충분히 짐작하고 있다. 3억 원에 달하는 채무이행 각서에 담긴 내용이 그것을 대신하고 있는 것이다.

13

강남역 10번 출구 타임스퀘어 건물 뒤편을 끼고 100여 미터 도보로 걷다 보면 재건축을 앞둔 5층 적벽돌 건물이 눈에 띈다. 주민센터도 철수한 그곳은 평당 5천만 원을 호가하는 강남에 마지막 남은 상가 투자처로 부동산에 밝은 사람들의 먹잇감이 된 지 오래인 곳이다. 이러한 저간의 사정을 알고 있는 정부와 지자체에서는 어떻게든 강남 투기꾼의 진입을 막기 위한 규제의 끈을 놓지 않는, 그로 인해 개발하려는 쪽과 막으려는 쪽의 이해관계가 날카롭게 대립하는 이곳에는 이미 깊어진 편법의 장소들이 숙주처럼 자라나 있다.

5층 건물 지하에는 족히 100여 평은 넘는 화려한 인테리어를 과시하는 공간이 펼쳐져 있다. 지하 입구를 가로막으며 굳게 닫힌 녹슨 철문만 볼 때에는 전혀 내부를 예측할 수 없지만, 민규는 익숙하게 내려진 철문의 자물쇠 비밀번호를 풀고 셔터를 올리듯 철문을 올린다. 안으로 들어선 민규는 바로 옆 벽에 붙은 조광기를 최대로 높인다. 하지만 지하 공간의 어둑함은 쉽게 가시지 않는다. 희미한 불빛들이 점액처럼 부유하는 공간 안에서 몇몇의 남녀가 알몸 차림으로 바닥을 뒹굴고 있다. 투명한 유리 테이블 위에는 양주병과 주사기들이 떨어져 있는 채로.

남녀가 보이는 기괴함을 민규는 무표정으로 바라본다. 민규의 아무 감정이 섞이지 않은 표정이 오히려 상황을 더욱 기괴하게 만든다.

그런 민규의 곁으로 한 남자가 다가온다. 아래위를 검은 슈트로 차려입은 남자는 민규의 자연스럽고 태연한 등장에 긴장한 표정이 역력하다. 민규는 두 남자와 한 여자의 알몸에 시선을 집중한다.

"어디서 오셨습니까?"

남자가 말을 건넨다. 남자의 목소리는 정중하지만 동시에 경고의 신호탄처럼 다른 남자들의 자동 호출을 이끌어낸다. 문을 열고 들어온 그들은 사설 경호원으로 보인다. 아니, 그들은 민규를 처음 보는 것처럼 대하지만 민규는 그들을 모르지 않는다. 강남 건물 지하에 위치한 비밀 클럽을 주관하는 이들에게 설계자는 상시 필요한 목적성을 갖고 있기 때문이다. 민규가 이곳의 비밀번호를 자연스럽게 알 수 있는 이유도 거기에 있다.

민규는 남자의 질문에는 별다른 반응을 보이지 않는다. 대신 두 여자와 눈을 마주한다. 한눈에 봐도 알 수 있는 잘 알려진 배우와 이제 막 신인 딱지를 떼고 걸그룹 멤버에서 연기자로 옮겨

가고 있는 연예인. 그녀들은 자신이 공인이건 아니건 속옷도 입지 않은 벗은 몸을 민규에게 그대로 드러낸다. 필로폰에 완전히 잠긴 효과로 보이진 않는다. 여자 배우는 민규와 자주 마주쳐왔다. 뒷수습이 난처해질 때면 언제나 등장하는 게 민규의 역할이니까. 그때마다 민규는 지금 옷을 벗고 스리섬을 실행하는 여자 배우와 어김없이 마주하곤 했다.

그런 그녀가 민규를 한동안 뚫어져라 쳐다보다 이내 웃어 보인다. 한순간, 민규는 객쩍은 몽상에 사로잡힌다. 입가나 눈가의 주름 따윈 전혀 신경 쓰지 않는 환한 웃음. 그 표정에서 민규는 여자의 무구함을 실감한다. 사람, 대상, 관계에서 어떤 조건이나 거리감도 느끼지 않는 무경계의 편안함으로 가득한 웃음. 민규는 그 웃음을 받아들이는 대상이 설계자인 자신이란 사실에 기묘한 느낌을 떨치기 어렵다. 민규가 이제는 너무나 자주 목격한 나머지 무심해지는 일상의 한순간처럼 필로폰과 더불어 자행되는 그룹 섹스의 한 장면을 불편한 감정의 앙금을 품고 바라보게 된 이유는, 이보다 더 순수할 수 없는 여자 배우의 천연한 웃음 때문이다. 얼마나 더 냉정해지면 지금과 같은 닳고 닳은 환락의 끝에서 순수한 웃음을 지을 수 있을까. 구릿빛 피부에 오랜 시간 헬스로 담금질해 잔근육이 가득한 민규는, 알몸 차림의 남자가 자신을 짐승처럼 집어삼키는 순간에도 입가의 웃음을 잃지 않는 여배우의 얼굴에서 한동안 시선을 떼지 못한다. 그사이 민규의 설계자로서의 위치를 알아본 경호원 중 하나가 서둘러 다른 경호원들의 무례한 경계심을 거둔다.

그룹 섹스의 한 장면에서 민규는 벗어난다. 대리석 바닥 위로 걸음을 옮길 때마다 구두 굽 소리가 지하에 요란한 울림을 일으킨다. 하지만 또다시 펼쳐진 그룹 섹스에 취해버린 알몸 차림의 이들은 그의 존재를 전혀 의식하지 못한다. 필로폰에 취한 상태에서 벗어나지 못하는 이들을 보는 건 민규가 이제 이곳에서 익숙해진 일과 중에 하나다. 강남 곳곳에는 자기들만의 숨은 방을 철옹성의 요새처럼 마련해놓고 극적인 유희를 즐기는 데 모든 걸 쏟아붓는 용광로가 존재한다. 그 용광로 중 하나를 찾은 민규의 시선이 마지막으로 100평이 넘는 곳의 구석에서 혼자 등을 기대고 주저앉아, 아직은 다른 남녀에 비해 정신이 남아 있는 듯 보이는 여자에게 머무른다. 검은색 란제리 차림에 지나치게 짧은 쇼트커트의 흑발머리, 눈썹과 입술에 작고 동그랗게 매달린 피어싱이 민규의 눈에 들어오는 순간, 여자도 감색 슈트에 구두를 신고 나타난 민규를 올려다본다. 민규가 폰을 꺼내 저장된 폴더 속 여자의 인상착의를 한 번 더 확인하곤 말을 건넨다.

　"정혜주 씨?"

*

　민규가 정혜주를 데리고 강남역 4번 출구 근처에 위치한 할리스커피로 간다. 흡연실은 없어졌지만 별도 유리 파티션이 마련된 공간 구석에 혜주를 앉히고 차디찬 생수를 건넨다. 500밀리 가까이 되는 생수 한 병을 단숨에 비운 그녀는 그럼에도 여전히 입가에 푸르스름한 흔적이 지워지지 않고, 간헐적으로 턱과 입술 부위가 심하게 흔들린다. 하지만 눈빛은 선명하다. 약에 취해 있지 않은, 살아 있는 정신 그대로 민규에게 다가온다. 그녀가 정상이란 확신을 가진 민규가 자신의 아이패드 화면을 정혜주에게 보여준다. 화면은 사고 당일, 조금 전까지 둘이 있던 적벽돌 5층 건물 지하의 멤버십 바 '용의'의 CCTV 재생 화면이다. 음 소거된 재생 화면에는 방금 전처럼 알 수 없는 강남 멤버십 로열들의 혼음 행각이 담겨 있다. 몽키의 얼굴이 보이고, 다른 남자 둘과 함께 수간에 가까워 보이는 도구를 이용하는 섹스에 빠져버린 정혜주의 알몸이 보인다. 약에 취해 있는 열한 명의 남녀가 벌이는 섹스파티, 자신의 몸이 노골적으로 드러나는 섹스 비디오에 준하는 화면을 보면서도 혜주는 별다른 반응을 보이지 않는다. 대신 어느 순간부터 화면 속 자신보다는 이런 화면을 입수해 자신에게 보여주는 민규를 바라본다. 무심한 눈빛. 민규는 조금은 쓸쓸하게 아주 잠시 독백하듯 입술을 쭈뼛거린 뒤 곧바로 사무적인 말을 이어나간다.

"24일 오후 9시에서 11시까지의 화면입니다."

"그래서요?"

"정혜주 씨도 11시 이후, 몽키에게 이끌려 카르멘 호텔로 함께 이동한 걸로 추정하고 있어요. 당신 동료도 그렇게 증언했고요."

어색한 스모키화장을 한 여자의 심드렁한 얼굴이 말을 꺼낸 민규의 마음에 한순간 아프게 스치고 지나간다. 민규의 말을 듣던 혜주가 고개를 끄덕이는 몸짓을 취해 보인다. 그리고 다시 같은 말로 반복해 묻는다.

"그래서……요?"

"미리 들었겠지만 당신에게 그날 일에 대해 쓸데없는 말이나 사건 유출과 같은 우려가 예상되는 일을 미연에 방지하기 위해 만나자고 한 겁니다."

"아무 일 없었다고…… 누가 혹시라도 물으면 침묵해라, 그거죠?"

"그렇습니다. 그리고……."

곧이어 민규가 자신의 상의 안주머니에서 붉은색 띠가 둘러쳐진 봉투 하나와 서류 한 장을 건넨다.

"지금 들은 내용에 동의한다는 합의 각서와 합의 지불금입니다."

"사인만 하면 되는 거죠?"

혜주는 민규가 말을 마치며 꺼낸 몽블랑 만년필을 빼앗듯 손에 쥔다. 그러고는 단숨에 합의 각서에 사인한다. 그 모습을 지켜보던 민규가 말을 잇는다.

"그런데, 합의 지불금에 대해서는 정혜주 씨를 관리하는 관리자에게 따로 지불해야 한다고 들었어요."

*

멤버십 바 '용의'의 CCTV 입수까지가 로펌 Y에서 제공한 정보의 전부였다. 다섯 콜걸에 대한 신상 정보 입수 후, 그녀들에게 접근하여 타협안을 이끌어내는 과정에서 이른바 포주라고 하는 브로커들의 영향력은 미미했다. 하지만 사고 당일, 카르멘 호텔 펜트하우스에 오기 직전까지 그 섹스 파티의 실제 주인공이었던 정혜주 뒤에는 막강한 브로커가 존재했다. 민규가 이러한 사실을 알게 된 것은 비교적 최근의 일이다. 민규 역시 멤버들이 특별히 취급하는 상품들이 별도로 존재한다는 것과 정혜주와 같은 특별 상품들을 관리하는 비교적 젊은 포주가 있다는 정보를 들은 것도 최근이라 말을 꺼낸 다음 바로 혜주의 반응을 살피지 않을 수 없었다. 전례가 없던 신규에 해당하는 상황이기 때문이다. 이렇듯 다소 망설이던 민규와는 다르게 혜주의 반응은 덤덤하다.

"누군지 아세요?"

"예?"

"제 관리자가 누군지는 아시냐고요. 알고 오신 거 아니면 직접 연결해드려야 하는데……."

혜주가 잠시 말을 망설인다. 그 모습을 빠르게 포착한 민규가 그사이 자신의 명함을 꺼내 보여준다. 로펌 Y의 머리글자만 덩그러니 박혀 있는 명함 한 장이 그를 소개하는 전부지만 그것이 혜주에게 나름의 수신호처럼 작용한 듯하다. 민규가 확인하듯 조심스럽게 한마디 더 이어 붙인다.

"그 명함…… 받아본 적 있죠?"

혜주가 고개를 끄덕인다.

"그럼…… 혜주 씨 관리자에게 연결해도 될 거예요."

민규의 말을 듣자 혜주가 조심스럽게 폰을 테이블 위에 올려놓는다. 단축번호 7을 누른 뒤, 민규도 함께 들을 수 있도록 스피커폰으로 전환한다. 두 번, 세 번 신호가 이어졌지만 접선이 용이하게 이루어지지 않는다.

"한 번에 전화가 되는 적이 거의 없어요. 다시 할게요."

"천천히 해요."

첫 번째 통화가 불발로 끝난 뒤, 혜주가 다시 같은 단축번호 '7'로 전화를 건다.

그사이 민규가 혜주를 바라보며 묻는다.

"질문 하나 해도 될까요?"

"예?"

"그냥 궁금한 사안이라 해두죠. 답하기 싫으면 안 해도 됩니다."

"상관없어요. 말해요."

"왜 여기서 이런 일을 하죠?"

"무슨 말인지……? 질문을 잘 모르겠어요."

"꼭 이렇게 안 해도 되지 않나요?"

혜주는 잠시 생각하다가 답한다.

"강남에서 무슨 일을 하겠어요? 이런 일 아니면 할 수 있는 일이 있나요?"

그 순간, 민규의 머릿속으로 한 가지 단어가 반복해 파고든다.

강남.

강남.

강남.

'강남'이란 말만 들으면 떠오르는 건 모든 게 가능하거나 모든 게 불가능하거나 둘 중 하나다. 민규는 혜주의 되물음에 답을 하지 않는다. 대꾸도 반응도 않는다. 그사이 신호는 열두 번째로 넘어섰는데, 열세 번째 신호로 넘어가는 순간 단축번호 '7', 혜주 같은 특별 상품을 관리하는 젊은 관리자의 목소리가 등장한다. 민규의 예상과는 다르게 전화 속 상대의 목소리는 젊은 걸 넘어서 어리게까지 들린다.

"이 시간에 왜 전화야."

14

목소리만으로 사람을 특정할 수 있는 경우는 얼마나 될까?

문득 민규는 그런 질문을 떠올린다. 어린 남자의 목소리다. 아무리 높게 잡아도 스물다섯 이상은 안 되는 앳된 목소리임에 틀림없다. 그런데 그 목소리, 민규의 귀와 의식 속에 꽤 익숙하게 가라앉는다. 어디선가 많이 들어본 목소리인 것이다.

더욱이 그 목소리는 목소리의 주인을 두고 둘러싼 배후에 대한 섬뜩한 짐작과 유명세로 민규의 기억 속에서 재현된다. 선배 우진이 민규가 수습했던 설계 사건의 진행 과정에서 목소리의 주인공을 언급했던 것이다.

*

"검은 개들의 왕이요?"

포르쉐 운전자의 전신이 찍힌 스냅사진을 바라보던 민규가 우진에게 물었다. 새벽에 자행된 술집 콜걸을 폭행했던 검은색 포르쉐 운전자가 찍힌 사진 속 장면은 보통 끔찍한 게 아니다. 사진 속에서 그는 바닥에 머리를 박은 채 입을 악다물고 있다. 가공할 고통에 순간적으로 사로잡혀 비명을 지르는 표정이다. 녀석은 엎드린 채 자신의 오른쪽 발목을 두 손으로 움켜쥐고 있다. 발목 부근은 이미 붉은 핏자국으로 가득하다.

　사진 속 살벌한 장면을 지켜보던 민규가 범행을 저지른 당사자의 숨은 닉네임을 혼잣말하듯 부르던 순간이었다. 우진이 민규가 앉아 있는 사무실 탁상 위에 사진 몇 장을 올려놓았다. CCTV 화면을 캡처한 사진이었는데, 화질이 고르지 않아 외모를 식별하기가 쉽지 않았다. 하지만 검은색 가죽점퍼에 모자를 깊게 눌러쓴 모습에서 민규는 섬뜩한 공포를 느꼈다. 민규의 눈빛이 조심스럽게 흔들리는 걸 예의 주시하던 우진이 말했다.

　"이 바닥에서 그 포주 인간을 부르는 닉네임이야. 국내에서 사용하는 98년생 주민등록증은 타인 명의로 되어 있고. 그러니 이름도 모르는 거지."

　"출신지가 미상이면…… 조선족인가요?"

　민규의 질문에 우진이 고개를 가로저으며 빠르게 답했다.

　"국적을 알 수가 없어. 언제 어디서 태어났는지를 몰라."

　"……"

　"그런데 그런 놈이 지금 현재 이 바닥에선 가장 잔인한 포주로 활동한다는 게 신기하지?"

"포주라고요? 이 어린 친구가?"

"응. 여자애들을 머릿수마다 자기 재산이라 부르는, 몸 파는 애들 관리하는 친구야. 돌려 말할 필요도 없이 포주지."

"그런데…… 이 친구가 왜요? 왜 자기가 고객이라 불러야 할지도 모르는 사람의 아킬레스건을 자른 거죠?"

민규의 궁금증은 진정한 호기심에서 비롯됐다. 우진이 혀를 끌끌 차며 답했다.

"관리자라서 그랬겠지."

"관리자라……."

"자신의 재산이 훼손되는 걸 결코 원치 않는 관리자. 사진 속 포르쉐 몰던 친구가 무슨 이유로 당했는지 잘 알겠지?"

엄철우란 어린 무국적자는 민규가 무혐의로 설계해준 포르쉐 운전자의 아킬레스건을 잘라버렸다. 오른 발목의 아킬레스건이 잘린 운전자는 더 이상 포르쉐를 몰 수 없을 것이다. 우진의 염려 섞인 당부가 검은 가죽점퍼 차림의 엄철우 사진을 보고 있는 민규를 상대로 이어졌다.

"포르쉐 몰던 이 친구, 조만간 김 변을 다시 찾아와 검은 개들의 왕 처리를 요청할 거야."

우진의 말에 민규가 짧고 빠르게 답했다.

"그런 건 청부 폭행업자들을 찾아가는 게 빠르겠죠."

"알아듣네. 그럼, 그렇게 알고 대응해."

"혹시 사고 동영상도 확보했어요?"

민규가 요구한 건 포르쉐 운전자의 아킬레스건이 잘리는 현장에 대한 동영상이다. 캡처한 사진이 있다는 건 동영상도 존재한다는 계산이 선 민규에게 우진이 심드렁하게 고개를 끄덕인 뒤 되물었다.

"있는데…… 그건 왜?"

"봐야겠어요."

"유알엘 주소 찍어 보내줄게."

"한 가지 더."

"뭐?"

"사고 현장이 어디죠?"

"그게 또 기가 막힌데, 가로수길 초입이야."

"가로수길?"

"포르쉐 운전자, 이 새끼가 텐클럽 여자애 두들겨 팬 바로 그 장소에서 일을 벌였어."

*

엄철우, '검은 개들의 왕'은 CCTV나 주위 시선 따위에는 아무런 신경도 쓰지 않았다. 사고 현장 동영상을 받아 확인한 민규의 눈에 드러난 가로수길 초입에서 벌어진 엄철우의 도발은, 수많은 사람들이 오가는 초저녁에 일어났다. 작은 칼 하나 손에 쥔 엄철우가 포르쉐에서 내리는 운전자를 향해 달려들어 그의 아킬레스건을 길거리 한복판에서 단숨에 잘라내는 데 걸린 시간은 채 10초도 걸리지 않았다. 그 10초 동안 벌어진 장면을 절묘하게 담아낸 동영상을 민규는 무슨 생각에선지 반복하고 또 반복해 보고 들었다. 자신의 오른 발목에 일어날 사태에 대해 아무 예상도 대책도 세우지 못한 포르쉐 운전자가 맞닥뜨린 그 끔찍하고 처절한 비명 소리는 오히려 민규의 귀에 들리지 않았다. 민규의 눈과 귀를 사로잡은 건 깊게 눌러쓴 NYPD 모자와 후드티 사이로 비치는 섬뜩한 한 남자의 안광과 그의 입에서 터져 나온 예상과는 전혀 다른 앳되고 가느다란, 마치 소년의 목소리를 연상케 하는 목소리였다.

"이 미친 새끼야! 지금 뭐 하는 거야! 뭐 하는 거냐고!"
"목줄 끊지 않은 걸 다행이라 생각해……."

15

"검은 개들의 왕?"

"그게 그 친구를 부르는 닉네임이에요."

"무슨 별명이 그래. 검은 개들이면 개들이지. 개들의 왕? 지가 무슨 대부라도 되는 줄 아나 보지."

강남에서 가장 흔하게 찾을 수 있는 두 곳을 꼽자면, 24시간 사우나와 발레파킹이 가능한 모텔이다. 부스스한 파마머리를 추스르며 역삼역 7번 출구 뒤편에 위치한 모텔에서 나온 윤을 호출한 재명은 그를 데리고 24시간 사우나로 들어선다. 둘은 쑥사우나실에 나란히 앉는다. 윤은 사우나 안에까지 아이폰을 가지고 들어와 몇 개의 동영상을 재명에게 보여주며 말한다. 폰을 쥔 손, 동영상을 바라보는 얼굴에 맺힌 땀방울이 폰 액정 위로 두서없이 떨어지지만 둘은 개의치 않고 화면 속 인물을 바라본다.

후드티에 가죽점퍼, 찢어진 청바지에 캔버스 신발을 신고

NYPD 모자를 깊이 눌러쓴 한 남자가 중고 세단에서 내리는 모습이 보인다. 남자가 들어가는 곳은 강남역 10번 출구 근처에 위치한 재개발을 앞둔 30년 이상 되는 5층 이하 건물 중 가장 구석에 위치한 건물 지하. 남자가 지하로 내려가는 행동 자체가 하나의 신호가 된 것인지, 그의 뒤를 이어 서너 명의 국적을 알 수 없는 남자들이 따라 내려간다. 지하로 사람들이 내려가자 윤이 화면을 빠르게 재생한다. 5분 정도 건너뛴 재생 화면에서는 다시 건물 밖으로 나오는 NYPD 모자를 눌러쓴 남자와 떼를 이루며 올라서는 서너 명의 남자들이 보인다. 남자는 내려갈 때와 다르게 모자와 가죽점퍼를 벗은 채였고, 다른 남자들은 손에 연장으로 보이는 야구방망이나 망치 같은 것을 갖고 올라온 뒤, 연장들을 쓰레기통에 내던진다. 그 뒤, 모두들 약속이라도 한 듯 사방으로 빠르게 사라지고, 후드티의 남자가 담배를 입에 물며 다시 숨을 고르는 모습이 보인다. 영상은 그렇게 끝난다. 재명이 윤을 보며 묻는다.

"그러니까 이 친구가 강남 텐클럽 포주야?"

재명은 에둘러 묻지 않는다.

정보원 윤의 요청대로 강남 일대 CCTV 수백여 대의 최근 사흘간 화면을 그대로 수집했다. 그것을 윤에게 모두 전달했고, 윤은 딱 하루 만에 재명의 구역이라 할 수 있는 역삼동 근처 모텔에서 지금 보고 있는 CCTV 속 화면을 찾아냈다. 둘의 대화의 핵심, 다시 말해 재명이 가장 궁금해한 것은 현재 강남 일대를 지배하는, 룸살롱과 단란주점을 망라하여 최고 멤버십 로열패밀리들에게 질 좋은 여자를 공급하는 텐클럽 포주의 정체가 누구인가 하는 것이다. CCTV 화면을 통해 포주의 정체를 확인해준 윤이 재명의 물음에 고개를 끄덕인다.

약간은 마른 체형, 젖살이 채 가시지 않은 듯 보이는 유난히 창백한 낯빛, 찢어진 눈에 오뚝하게 솟은 콧등 정도가 CCTV를 통해 나타난 남자의 첫인상이다. 윤이 다른 CCTV 동영상 몇 개를 더 보여준다. 녀석은 늘 검은색 후드티에 검은색 가죽점퍼 차림, 거기에 해어진 캔버스 신발을 신고 엄청난 유동 인구로 가득한 강남역 사거리나 교보타워 사거리 근처를 서성거린다. 재명은 그 검은 개들의 왕을 유심히 바라보며 말을 잇는다.

"포주질 하기엔 너무 어리지 않나?"

"저도 그렇게 보이긴 하는데, 확실한 건 이 친구가 끝이에요."

"끝이라면……?"

"더 이상의 상위 포식자는 없단 말이죠."

"신상은 알아봤어?"

윤이 고개를 가로젓는다.

"족보도 없단 말이야?"

"족보는 고사하고 아예 전과 자체가 없어요."

재명에게 새롭게 나타난 액정 속 파일에서 엄철우란 이름의 주민등록상 사진과 생년월일이 나타난다.

"98년생이면…… 이십대 중반이네. 정말 전과 하나 없이 깨끗하고. 그런데 어떻게 이런 이력 없는 젊은 녀석이 강남 전체를 관리하지?"

"그 민증을 다 믿긴 어렵죠."

"그게 말이 되겠네."

"미스터리가 한두 가지가 아닌데 주어진 팩트만 보면 단순해요."

"뭐가 단순해?"

"이 새끼, 보통 또라이가 아니에요."

"무슨 소리야?"

"로열들이 뒤 봐주는 걸 믿고 완전히 막가는 놈이에요."

바로 본론으로 들어가기 위해서일까. 윤은 공사 중인 카르멘 호텔을 비추고 있는 호텔 입구 맞은편에 위치한 CCTV의 사건 당일 동영상 화면을 보여준다.

"사고 당일 CCTV는 설계자들이 지웠을 텐데."

"복원하는 데 애를 좀 먹었죠. 그래도 복원이 안 되는 건 아니잖아요."

"그건 그런데, 뭐 보이는 게 없네."

"후드티, 이 새끼는 보이죠."

윤의 말이 맞았다. 희미한 해상도의 화면에서는 그 어떤 인물도 명확하게 보이지 않는다. 공사 중이긴 해도 카르멘 호텔 앞 인도를 오가는 밤거리의 사람들은 상상을 초월할 정도로 많으니까. 하지만 예리한 눈썰미를 가진 윤이 자신이 체크해둔 지점에서 화면을 정지한다. 검은색 후드티에 검은색 가죽점퍼를 입은 남자가 재명의 눈에 들어온다. 재명의 머리끝에 매달린 땀 한 방울이 보란 듯 윤의 폰 액정 위에 떨어진다.

"엄철우 이 새끼, 카르멘 호텔 앞에서 잠깐 멈춰 서다 바로 그 옆 건물로 들어가죠."

윤의 말처럼 검은 후드티가 호텔을 향해 걸어갈 때 조금씩 속도를 늦추다가 바로 옆의 건물 정문이 아닌 예비 통로처럼 보이는 비상구 문을 열고 들어간다. 윤이 다시 말한다.

"옆 건물의 후문으로 빠져나가면 바로 카르멘 호텔 지상 주차장으로 연결되죠."

"그럼…… 이 포주 새끼, 사고 당일 현장에 들어간 게 맞네."

"그것도 독고다이로요."

"……."

"그 뒤 펜트하우스에서 열 명의 년놈들 깡그리 잡아 정리한 뒤 나올 때는 아예 대놓고 호텔 정문으로 나오죠."

윤의 말대로 약 한 시간 후, 사람들의 흔적이 조금 뜸해진 카르멘 호텔 앞거리에 검은 후드티의 엄철우가 모습을 드러낸다. 이번에도 다른 화면에 나타난 것처럼 NYPD 모자와 가죽점퍼를 벗은 채로 카르멘 호텔 앞에 잠시 멈춰 서서 담배를 피운다. 그 시점에서 화면을 정지시킨 윤이 재명을 바라본다. 재명은 얼굴에 사정없이 맺힌 땀을 닦아낸 뒤 윤의 말을 기다린다. 기대와 우려가 뒤섞인 표정의 재명이 기다린 윤의 말은 단순하지만 결정적인 결론이라는 느낌을 준다.

"이 새끼가 몽키를 죽인 거예요."

"근거 있어?"

"형사님도 잘 알죠?"

"뭘?"

"사람 죽이는 거…… 느와르 영화처럼 그렇게 간단한 게 아니란걸."

"그런데?"

"그런데 그렇게 사람 잡는 게 간단한 인종이 있다면…… 그게 누굴까요?"

"……."

"이 새끼 결국 무국적자예요. 추방당하면 돌아갈 국가도 없어요. 국적도 뭣도 없으니 처벌하기 좆나 복잡해지겠죠. 형사님이 더 잘 알 거 아니에요?"

"씨발."

"그러니 이 새끼 아니면 열 명을 한꺼번에 죽일 수 있는 놈은 없겠죠."

"……."

"아무리 강남이라 해도 말이에요. 제 말 틀려요?"

잠시 재명의 머릿속이 멍해진다. 예상보다 빠른 속도로 몽키를 죽인 범인이라 추정할 만한 용의자를 발견한 것이다. 이 경우는 법적 절차를 거칠 필요가 없다. 증인, 증거 확보하고 자백까지 얻어내 조서 꾸며 검찰에 보고를 올리지 않아도 상관없는 건이다. 그리고 몽키, 민이설의 아버지 민경식으로부터 깔끔한 사안의 처리를 지시받은 건이다. 더욱이 사건 처리의 대가는 자신의 끔찍한 불장난과 같은 도박 빚의 일괄 탕감이다. 여차하면 연고 없는 주민등록 말소자 한 명 추려다가 민이설을 죽인 범인으로 몰아세워 그를 제물로 희생시켜야 할 정도로 절박한 상황이다. 그런데 이렇게 범인으로 추정되는 인물이 빠르게 나타났으니, 재명은 일이 수월하게 풀릴 수 있도록 배려한 정보원 윤에게 정해진 대가 이상의 인센티브라도 지급해야 할 처지인 것이다.

그런데 재명은 뭔가 모르게 답답하다. 실마리를 제대로 풀어내지 못한 채, 더 깊고 교묘하게 엉킨 수렁 속으로 빠져드는 것 같은 불길한 느낌이다. 정확히 설명하긴 어렵지만 재명의 마음은 생각을 떨쳐내려 하면 할수록 점점 더 불길해지는 것이다.

16

테헤란로. 서울특별시 강남구를 동서로 가로지르는 주요도로. 역삼동에서 시작하는 강남역 사거리부터 삼성동의 삼성교까지의 사이를 잇는 도로다. 총길이는 3.7킬로미터, 왕복 10차선인 테헤란로는 원래 이름인 삼릉로에서 친미 성향의 팔라비 왕조가 이란을 통치하던 1977년 테헤란 시장 방한을 계기로 바뀐 도로명이다.

테헤란의 끝이라 할 수 있는 삼성교 도로에 면한 가장 크고 높은 건물이 준공검사를 마치고 개장 초읽기에 들어서 있다. 건물의 용도는 관광호텔로 1성급 특급 호텔이며, 기존의 콘도 사업처럼 멤버십으로만 이용객을 모집하는 시스템이다. 거기에 추가되는 특징으로 이용객의 신상을 철저히 비밀에 붙이는 스위스은행 금고 형태의 비밀보장보험에 가입된 카르멘 호텔이다.

저녁 6시 30분. 민규는 바로 그 호텔 정문 앞에 우두커니 서 있다. 6시 30분의 테헤란로 10차선 도로는 패닉에 빠질 정도의 교통체증에 신음 중이고 정장 차림의 수많은 사람들이 빠르게 걸음을 옮기며 삼성교 지하차도나 횡단보도 앞에 서서 신호를 기다린다. 민규는 정확히 카르멘 호텔 정문 앞에서 서류 가방 하나를 오른손에 쥐고 선 채 누군가를 기다린다. 그리고 그 누군가는 원래 만나기로 한 약속 시간인 6시 30분에서 정확히 10분이 지난 뒤, 카르멘 호텔 지하 주차장에서 스타크래프트밴을 몰고 나타난다. 출퇴근 시간 많은 사람들이 쏟아지는 걸 애초에 염두에 두지 않은 듯 스타크래프트밴은 민규가 서 있는 인도 앞, 호텔 정문까지 들어온다. 운전석 문이 열림과 동시에 민규의 시선은 운전석 너머의 뒷좌석을 향한다. 꽤 넓고 아늑한 규모를 자랑하는 그곳에 서너 명의 여자들이 앉아 있는데, 그중 왼쪽 구석 자리에 앉아 있는 정혜주를 발견한다.

운전석에 앉은 남자는 리바이스 로고가 새겨진 검은색 후드 티에 브랜드를 알 수 없는, 옷 전체가 수많은 흠집으로 가득한 검은색 가죽점퍼를 입고 있다. 민규가 보기에 특이점이라 할 만한 부분은 그가 제법 커다란 검은색 뿔테 안경을 착용하고 있다는 점이다. 민규가 착용하는 뿔테 안경과 비슷한 스타일이다.

정혜주가 7번 단축번호로 저장한 번호의 주인공임을 민규가 어렵지 않게 확인한 순간 남자가 말한다.

"타세요."

민규가 주위를 한번 둘러본다. '퇴근길에 인도 절반을 점유한 스타크래프트밴 안에서 얘기를 하자는 건가.' 순간 그런 의문이

든다. 하지만 남자는 아랑곳 않고 거듭 말한다.

"따라오세요."

*

차에서 내려 들어간 곳은 언뜻 보기에 결혼식장 혹은 거대한 컨벤션센터를 떠올리게 하는 곳이다. 앞장서는 남자를 따라 들어온 지하 공간은 민규의 눈에 분명 그렇게 보였다. 측면 벽면에 외로이 매달려 있는 십자가를 보기 전까지는.

오랫동안 사람의 왕래가 없던 것으로 보이는 교회 공간에는 값비싼 음향 장비와 금빛으로 도금된 강대상, 앤티크한 분위기가 돋보이는 장의자가 무겁게 자리를 차지하고 있다. 남자는 무심하게 장의자 중 아무것이나 하나를 골라 앉는다. 민규는 남자가 앉은 곳에서 조금은 거리를 둔 위치에 자리를 잡는다.

그 순간, 차가운 냉기가 민규의 온몸으로 파고든다. 몸이 덜덜 떨릴 정도의 냉기가 전체에 가득하다. 민규는 얼핏 뒤편으로 앉아 있는 여자들이 의식된다.

그 안에 정혜주도 보인다. 민규는 정혜주의 상태부터 살핀다. 그녀를 포함한 네 여자 모두 젊은 여자라고 부르기조차 어색할 정도로 어리다. 요란한 메이크업과 화려한 의상이 최대한 성숙해 보이려는 분위기를 연출하지만 어리다는 본질은 흐려지지 않는다. 젊은 것을 넘어서서 어린 여자를 제물 삼아 자신의 물리적 생존을 확인받으려는 중증의 도착증, 혜주를 포함한 여자들은 몇 시간 후면 예상을 넘어서는 도착적 카니발의 제물이 될 것이다. 민규는 짧은 순간이지만 이런 식의 전형적 유희의 패턴이 마냥 지루하게만 느껴진다.

장의자에 무심히 앉은 남자, 검은 개들의 왕인 엄철우가 여자들을 살피는 민규를 향해 짧게 묻고 또한 짧게 답한다.

"날 알고 있어요?"

"물론 지금 처음 보는 거죠. 당신 같은 사람이 있다는 것만 아는 정도?"

"변호사죠?"

엄철우의 질문에 민규가 서류 가방 가장 앞부분에 항시 꽂아두는 로펌 사업자등록증과 자신의 변호사 신분증을 보여준다. 서류를 얼핏 살핀 엄철우가 거듭 말한다.

"합의금…… 갖고 왔죠? 5만 원권으로 준비해달라고 했어요."

5만 원권 다발 세 개 역시 민규의 서류 가방 안에 담겨 있다. 민규는 5만 원권 다발 두 개를 먼저 건네주며 합의서도 함께 건넨다.

"서명이 필요해요."

서명해야 한다는 말에 엄철우가 기분 나쁜 웃음을 흘리며 말한다.

"사인해도 별 소용 없을 텐데."

"요식행위입니다. 사인은 서류 증명이 핵심이니까요."

"그래요. 당신은 변호사니까."

엄철우가 빠른 속도로 자신의 이름을 합의서에 휘갈겨 쓴다.

합의서에 서명한 순간과 때를 같이해 민규가 엄철우에게 나머지 돈다발을 건넨다. 도합 세 개의 5만 원권 묶음을 건네받은 엄철우는 그것을 자신의 점퍼 양 주머니와 청바지 호주머니에 욱여넣는다. 돈을 챙겨 넣는 도중 엄철우가 말한다. 일이 끝났음에도 여전히 자리를 지키고 앉은 민규를 바라보며.

"끝났잖아요. 그럼 가세요."

"한 가지 확인할 게 남았어요."

"뭔데요?"

"당신이 카르멘 혼음 파티에 참석한 여자들과 멤버들, 작업했어요?"

"뭐?"

"그중에 몽키도 있죠?"

민규의 질문이 날카롭고 직접적으로 파고든다. 질문을 받은 엄철우의 눈빛이 험악하게 씰룩인다. 뒤에 앉은 여자들, 특히 정혜주의 표정도 민규의 말과 함께 굳는다. 민규가 질문하고도 별다른 설명 없이 자신의 답을 기다리고 있다는 걸 감지한 엄철우가 안경을 한 번 곧추세운 뒤 되묻는다.

"그걸 왜 묻지? 당신 일과 무슨 상관인데?"

"설계하려면 원본을 알아야 하니까. 원본을 알아야 조작이 가능하거든."

"그럼 당신 같은 인종은 비밀보장을 어떻게 하는데?"

"……보장 같은 건 없어요."

"뭐?"

"당신이 서류를 믿지 못하듯. 지금 이 거래를 믿지 못하면 당신에게 보장해줄 수 있는 건 아무것도 없어."

엄철우가 잠시 침묵한다. 민규는 다시 침묵으로 돌아가 엄철우의 답을 기다린다. 그사이 민규의 시선이 자신의 바로 뒤에 앉은 혜주에게로 향한다. 무표정한 모습이지만 정혜주의 시선에서는 피할 수 없는 불안의 기운이 스며 있다.

잠시 후, 엄철우가 다시 말한다. 낮게 가라앉은 음성으로 말하는 엄철우의 말은 경고이다.

"보장할 순 없지만 약속은 지킬게. 입 다물고 있어줄 테니까……. 그러니 그만 가요."

"……."

"더 귀찮게 하면 당신도 가만 안 놔둬. 알죠?"

*

민규가 폐쇄된 강남의 지하 교회 건물 밖으로 걸어 나온다. 잠시 후, 건물 옆에 주차해두었던 엄철우의 밴에서 거친 시동 소리가 들린다. 이윽고 밴은 강한 배기음을 토해낸 뒤 테헤란로 왕복 10차선 안으로 파고든다. 밴은 히스테리를 일으킬 법한 엄청난 도로 위 트래픽을 조롱하기라도 하듯 요리저리 끼어들며 순식간에 민규의 눈에서 사라진다. 민규는 합의서를 서류 가방에 챙겨 넣으며 선배 우진에게 전화를 건다. 우진은 민규의 전화를 기다렸다는 듯 신호가 가자마자 받는다.

"응. 말해."

"목격자들 입 맞추기, 종료했어요."

"뒤탈 없겠지?"

"적어도 서류상으로는 완벽해요. 서류가 아닌 말은 법원에서 효력이 없으니까."

"하긴 그 자식들, 입이라도 뻥끗하면 그 바닥에서 돈 벌긴 다 글러먹을 텐데 그런 말도 안 되는 베팅을 할 리는 없겠지."

"제 잔금…… 48시간 안에 입금하는 거 잊지 마시고요."

"응. 결제할게. 별 특이 사항 없으면 지급될 거야."

"그래요."

"김 변."

"……."

"수고했다."

*

6시 55분. 10분을 넘기지 않은 엄철우와의 면담을 끝낸 민규가 들른 곳은 대형 편의점이다. 그곳에서 민규는 3만 원이 넘지 않는 싸구려 양주 한 병을 구입해 편의점 파라솔에 앉아 마신다. 한 모금, 두 모금, 빠르게 입안으로 털어내던 민규는 이내 어둠 속으로 가라앉는 강남의 하늘과 그에 저항하기라도 하듯 시간이 갈수록 환해지는 강남의 네온사인을 번갈아 바라본다.

그 순간, 민규의 휴대폰이 울린다. 옅게 떨리는 진동에 민규의 눈썹이 미세하게 흔들린다.

민규는 한참 후에 전화를 받는다. 민규가 한참을 망설인 뒤에 받은 전화의 발신인은 아내다. 휴대폰 액정을 터치하자마자 민규가 짧은 인사말부터 건넨다.

"응."

"나야."

"알고 있어."

"그래. 알고 있구나."

"……할 말 있어?"

"뭐, 당연한 건데 우리 인스타에 남겨야 할 것들이 부족해져서."

아내가 '인스타'란 말을 꺼내는 순간 민규는 부부의 몇 가지 의무 사항과 관련된 점검을 떠올린다. 한 달에 한 번 정기적으로 해야만 하는 청담동에서의 저녁 식사, 자칭 로열패밀리인 동호인들과의 해외 요트여행, 분기마다 반드시 포획해야 하는 명품 신상, 이런 것들을 정기적으로 확인함으로써 부부관계에 이상이 없음을 입증해야 하는 아내의 의지. 민규는 통화 속 상대가 눈치채지 않도록 짧게 한숨을 쉰 뒤 답한다.

"그래. 식사. 식사해야지. 시간 잡아."

"그리고……."

"또 할 말이 남았어?"

"당신…… 그 마스터베이션 말이야."

단정하고 차분히 가라앉은 아내의 목소리에서 '마스터베이션'이란 말을 듣는 순간, 민규는 갑작스러운 당혹감을 느낀다. 민규가 눈을 들어 주변을 바라본다. 순간 강남의 야경, 여전히 바쁜 걸음으로 오가는 사람들의 모습과 침실 전면 유리에 비치던 자신의 알몸이 겹쳐지는 실감에 사로잡힌다. 그 느낌. 민규를 꽤 거슬리게 한다.

"그게 편해?"

"그건 왜 묻는데?"

"아니. 뭐, 사생활이라 간섭하고 싶진 않은데…… 말해도 돼?"

"말해."

"좀 가난해 보여."

　새벽 2시 강남경찰서 입구로 대여섯 대의 검은 세단이 들어선다. 사전에 연락을 받은 재명이 1층으로 나왔을 때, 검은 세단이 차례로 멈춰 선다. 세단 안에서 열댓 명의 남자들이 차례대로 내린다. 맞춰 입기라도 한 듯 모두 블랙 계통의 차림새다. 입구에 내려오자마자 럭키스트라이크부터 입에 문 재명을 향해, 남자들을 데리고 온 통솔자 박지웅이 다가온다. 박지웅은 라이터를 꺼내 재명이 입에 문 담배에 불을 붙여주며 말문을 연다.

　"회장님이 지원하는 인력입니다."

　하얀 담배 연기를 쏟아내듯 뱉은 재명이 턱짓으로 남자들을 가리키며 묻는다.

　"써도 괜찮은 친구들입니까?"

　"죽어도 뒤탈 없는 애들로만 뽑았습니다."

　"죽어도 상관없다……?"

재명의 자조 섞인 말을 예민하게 들은 박지웅이 부연 설명을
한다.

"회장님 아드님을 죽인 놈도 무적자라고 들었습니다."

"정보 한번 빠르군요."

재명이 말한 정보라면 한 시간 전에 자신이 직접 민경식 회장
에게 걸었던 전화 한 통을 말함이다. 재명은 민경식에게 아드님,
몽키라는 이름으로 훨씬 더 익숙한 민이설을 제거한 범인을 알
아냈다는 보고를 했다. 그리고 그 보고에 대한 민경식의 조치는
단순하고 또 잔인했다.

"어떻게 할까요, 회장님?"

"어떻게 하긴요. 처리해줘요, 조 형사."

"처리라면……?"

"내 아들과 똑같이 만들어줘요. 발가벗겨서 몸 구석구석을 씹
어 먹을 수 있게 포를 떠도 좋고……. 아님 살가죽을 벗겨 개들
먹이로 만들어달라고."

이후에도 민경식은 제법 많은 말을 했다. 주로 아들을 죽인 범
인에 대한 복수 방법이다. 듣고는 있었지만 재명은 그 어떤 말에
도 현실감을 느끼지 못했다. 민경식의 말이 비현실적인 의미와
이미지로 떠돌았다.

하지만 지금, 민경식은 자신의 뒤처리를 담당하는 박지웅 실
장을 통해 용병들을 동원했다. 이것은 엄연한 현실적 조치다. 재
명은 경찰서 앞을 시위하듯 점거한 검은 세단들의 도열과 용병
들의 모습을 보며 민경식의 의뢰를 수락한 살벌한 대가를 실감

한다. 박지웅이 확답을 얻듯 한마디 더 잇는다.

"애들 중, 절반만 써도 미친개 잡는 데는 충분할 겁니다."

"알았어요, 알겠는데."

"뭐죠……?"

"하긴 하겠는데, 책임은 당신들이 져야 할 거요. 그거 알고 시작하는 거여야 합니다."

"용병들에 대한 책임은 저희가 전부 집니다. 그 대신 조 형사, 당신은…….."

자신을 조 형사로 하문하듯 부르는 박지웅을 재명이 노려본다. 하지만 박지웅은 재명의 시선 따위에 주눅 들 정도의 수준이 아님을 부러 과시라도 하듯 일관된 음성으로 말을 잇는다.

"그 검은 개들의 왕을 확실히 정리해야 합니다."

말을 끝낸 박지웅이 확인하듯 한 번 더 채무이행 각서를 재명에게 보여준다. 재명이 성가시다는 듯 손짓하며 말한다.

"여긴 그래도 명색이 경찰서 앞이요. 무슨 마피아들 집합소도 아니고. 빨리 저 차들이나 치워요, 어서!"

18

대담하다고밖에는 달리 말할 수 없는 행동이다. 재명은 강남 경찰서 강력계 소속 엠블럼이 찍혀 있는 아반떼XD를 역삼동 모텔 골목 안으로 밀고 들어간다. 공사 중인 민영 주차장 입구에 차를 가로막듯 막아놓은 재명이 차에서 내리자, 정보원 윤이 평소와는 다른 모습으로 나타난다. 검은색 NYPD 모자를 눌러쓰고, 검은색 가죽점퍼까지 차려입자 재명의 눈엔 마치 윤이 '검은 개들의 왕'이라 불리는 엄철우로 착각될 정도다.

"왜 이렇게 입었어?"

"새롭게 안 정보예요."

잠깐 말을 멈춘 윤이 주위를 크게 둘러본 뒤 말을 잇는다.

"새벽 3시에 이곳에선 이 복장 아니면 다닐 생각을 말라네요."

새벽 3시 30분. 강남대로 맞은편에 운집해 있는 대형 건물 타운 너머로 5층 이내의 모텔들이 모여 있는 일방통행 도로가 있다. 윤의 정보를 받고 새벽 3시 30분에 이곳에 도착한 재명은 이곳이 멤버들의 배설 통로로 쓰이는 곳이며, 윤의 말대로 포주들 고유의 복장이 아니면 이곳을 함부로 돌아다녀선 안 된다는 것을 재명 역시 모르지 않는다. 윤이 초조하게 묻는다.

"정보 누설은 여기까지예요. 그런데 무슨 생각으로 혼자 들어왔어요?"

"누가 혼자라 그랬어."

"예?"

순간 일방통행 한쪽 도로면을 점유한 검은색 BMW의 도열이 재명의 눈에 들어온다. 재명의 시선을 따라 고개를 돌려 차들을 바라본 윤이 뒷걸음질을 치기 시작한다. 차창 앞 유리로 비치는 검은 그림자들, 건장한 남자들의 형체가 눈에 들어오자, 윤은 짧은 인사말을 남긴 채 모텔 골목을 단숨에 뛰어나간다.

"입금하는 거 잊지 말고요."

빠른 속도로 모텔 골목을 빠져나가는 윤의 뒷모습을 한번 쳐다본 재명이 몇 걸음을 옮겨 모텔 '삼성'이란 곳 앞에 멈춰 선다. 강남 뒷골목의 세련된 인테리어나 마감재 사용과는 상관없어 보이는, 지방 소도시 터미널에서 봄 직한 모텔이다. 그곳 입구에 선 재명은 주머니에서 휴대폰을 꺼내 누군가에게 전화를 건다. 재명이 전화를 거는 순간, 모텔 '삼성' 입구의 문이 열린다. 타이트한 원피스 차림에 크게 물결치는 긴 생머리의 여자가 나온다. 붉은색 하이힐이 재명의 눈에 띄는 순간 그는 그녀가 멤버십 고객을 상대하는 특별 관리를 받는 여자란 사실을 직감한다. 카르멘 호텔에서 죽은 다섯 명의 콜걸과 같은 처지인 바비인형 상품. 재명이 여자의 뒷모습을 흘겨보며 통화 속 상대에게 말을 건넨다.

"나야, 김 사장."

모텔 '삼성'의 주인에게 전화를 건다. 통화 속 상대인 모텔 주인이 다급하고 빠르게 재명의 전화에 반응한다.

"그 새끼…… 안에 있어요. 303호에."

"수고했어."

"조 형사님."

"응. 말해."

"저희 업소에 지장 없겠죠?"

"지장 좀 있으면…… 말 안 하려고 그랬어?"

"아니, 그게 아니라……."

"끊어."

전화를 끊은 재명은 일방통행로를 점거한 BMW들을 향해 손짓한다. 손짓과 동시에 일제히 차에서 내리는 무적자들의 등장이 재명의 심장을 절로 뛰게 만든다. 검은 개들의 왕, 엄철우를 잡는 일 중 녀석의 행방을 찾는 것은 의외로 쉽게 해결되었지만, 알 수 없는 불안함이 갑자기 돋아 오른 소름처럼 온몸 구석구석 시리게 스며든다.

"303호야. 복도에서 해결해."

무적자들이 모텔 '삼성'의 입구 문을 열고 성큼 들어서기 시작한다. 차례로 들어서는 그들의 발걸음은 발레리나의 보폭처럼 가볍고 더욱이 아무 소리도 내지 않는다. 모두 열다섯 명의 무적자가 들어가고 난 뒤, 재명은 강력계 사무실에서 몰고 온 아반떼XD에 올라타 시동을 건다. 그리고 차창을 약간 내린 뒤 모텔에서 어떤 일이 벌어질지 다소 초조하게 지켜본다. 아무리 상대가 예측 불허의 괴물이라 해도 이쪽은 열다섯이다. 그것도 그냥 떼를 지은 무리가 아니라 적어도 살인 경험 한 번쯤은 인생의 훈장처럼 달고 있는 용병들이다. 하지만 그러한 머릿속 예상과는 다르게 1분, 2분 시간이 갈수록 재명의 마음속 초조함은 가시지 않고 더욱 쌓여간다. CCTV, 거친 입자로 가득한 화면을 통해 나타난 엄철우의 검은 후드티와 검은 가죽점퍼의 잔상이 쉬 지워지지 않는다. 그사이, 아반떼XD의 룸미러를 통해 모텔 골목의 끝 GS편의점 앞에 서 있는 한 여자가 눈에 들어온다. 방금 전 모텔 '삼성' 입구에서 걸어 나온 유난히 타이트한 원피스에 붉은색 하이힐이 인상적이었던 콜걸이다. 재명은 어디론가 전화를 거는 여자를 제법 오랜 시간 지켜본다. 여자의 몸매도 아래위로 훑고, 여자를 둘러싼 새벽에도 현란하게 빛나는 네온사인의 후광도 살핀 재명은 할 수만 있다면 당장 자신의 경험 중 가장 거칠고 천박한 수음을 하고 싶다. 할 수만 있다면.

19

"여보세요."

새벽 3시 45분에 온 전화. 그것도 저장되지 않은 번호로 걸려오는 전화는 받지 않는 게 상식이지만 민규는 단숨에 받는다. 두 번 이상 신호가 울리지 않도록.

지금 이 시간이 되도록 잠들지 못한 건 사실이다. 누군가에게 전화를 하거나 침실 벽에 언제나처럼 걸려 있는 〈풀밭 위의 식사〉를 보며 마스터베이션을 하지 않으면 잠들지 못하는 민규에 겐 차라리 이 전화가 반갑기까지 하다. 하지만 상대가 바로 답하지 못하는 걸 확인한 순간 민규는 자신도 모르게 침대에 누웠던 자세를 바꿔 상체를 일으킨다. 그리고 다시 묻는다. 빠르고 다급하게.

"누구시죠?"

"우리…… 기억하죠?"

"우리가 누구예요?"

"어젯밤 6시 30분 카르멘 호텔 앞에서요."

"……정혜주 씨?"

"제 주인도 기억하죠?"

주인이란 단어가 민규의 귀에 거슬리게 다가오지만 그는 짧은 한숨과 함께 되묻는다.

"예. 기억해요. 그런데요?"

"마저 넘겨야 할 자료가 있다고 했어요."

"자료요?"

"그런데 오빠가 지금 상황이 어려운 것 같네요."

"무슨 일인데요. 아니, 당신 주인, 지금 어디 있어요?"

"역삼동 302번지 일방통행 길에 있는 모텔 삼성에 있는데……."

"그런데?"

"그 골목에 강남 강력계 백차가 있어요."

"……."

"혹시 당신도 그쪽 편인가요?"

그쪽 편. 민규가 몸을 일으킨다. 침대에 누울 때마다 아무것도 걸치지 않은 버릇 탓에 일어서자 민규의 알몸이 그대로 침실의 전신 거울에 드러난다. 어떤 것도 제대로 생각할 틈을 찾을 수 없을 정도로 수치심이 엄습하는 건 무슨 이유일까. 민규는 알 수 없는 수치심을 이겨내기 위해 오히려 거울에 비친 자신의 알몸에서 눈을 떼지 않는다. 한순간 알 수 없는 힘에 의해 엄습한 수치심은 더 한층 깊어지지만 민규는 수치의 오물을 뒤집어쓴 자신의 몸에서 눈을 떼지 않은 채 통화 속 상대 정혜주에게 말한다.

"잠깐만 기다려요."

20

한 사람, 아니 남녀가 팔짱을 끼어야 간신히 걸어갈 수 있을 법한 좁은 복도. 모텔 '삼성' 3층의 복도 길이는 20여 미터 정도로 제법 길지만 폭은 비좁다.

열 명 가까이 되는 무뢰한들이 3층에 들어설 때, 그 좁은 복도의 불은 이미 소등된 뒤였다. 비상구를 알리는 녹색의 희미한 불빛만이 전부다.

무뢰한들은 심지어 총기까지 꺼내 들며 3층 어딘가에 숨어 있는 엄철우의 숨통을 끊기 위해 달려든다. 복도의 창문마저 짙게 선팅되어 밖에서는 보이지 않는 3층. 열 개의 방이 모두 촘촘하게 밀착되어 있는 그곳에서 무뢰한들은 순서에 대한 어떤 고민도 없이 방문부터 주먹이나 발로 두들기기 시작한다. 문이 차례로 박살 난다. 어떤 방의 문은 그대로 열리기도 한다. 그렇게 하나둘씩 룸 안의 풍경이 드러난다. 남녀가 술에 취한 채 뒹굴고 있는 방이 보이기도 하고, 깨끗이 정돈된 채로 비어 있는 방도 있다.

그렇게 복도의 마지막 방 앞에 멈춰 선 무뢰한들. 그때, 그들에게 이해하기 어려운 예측 불허의 상황이 발생한다. 310호라 쓰인 복도의 마지막 방문이 스르륵 열린다. 자동으로 열린 것이 아니라 누군가 문을 연 것이다. 310호 문을 열고 나온 건 엄철우다. NYPD 모자를 그 어느 때보다 깊게 눌러쓴 엄철우가 스스로 모습을 드러낸다.

"이거 너무 싱거운데."

무뢰한 무리의 두목으로 보이는 보아뱀 문신의 남자가 비웃음과 함께 말을 꺼낸다. 3층의 적막은 계속된다. 잠시 침묵으로 두목을 바라보던 엄철우가 답한다.

"싱거운 건 너희들이야. 이런 식으로 들어오면 어떡해?"

"어떡하긴 뭘 어떡해? 끝내야지."

남자의 '끝'이란 말을 일종의 신호로 받아들인 무뢰한들이 일제히 얼굴에 두건을 쓰고 바지 뒤춤에서 준비해둔 칼을 빼 든다. 칼의 날카로운 단면들이 칠흑 같은 3층의 어둠 속에서 서슬의 파편처럼 허공을 떠돈다. 엄철우가 말문을 연다.

"이렇게 해결하면 얼마씩 떨어져?"

"뭐?"

"아마 머리당 천만 원씩 떨어지겠지."

"이 새끼가 뭐라는 거야?"

"천만 원이면 바로 옆 골목 지하 클럽에서 벌이는 하룻밤 술

값도 안 돼."

엄철우의 말에 비위가 상하는지 보아뱀 문신의 남자가 입을
이죽거리며 되받는다.

"그러는 넌 뭐 대단한 척하며 이렇게 피곤하게 날뛰냐. 그래
봐야 포주 주제에."

"포주 맞지. 맞는데……."

그 말과 함께 엄철우가 한 걸음 앞선다. 동시에 무뢰한 한 명
이 괴성을 지르며 칼을 휘두른다. 하지만 헛방이다. 복도 좌측으
로 몸을 붙인 엄철우가 곧바로 무뢰한의 목덜미에 자신의 오른
손으로 움켜쥔 칼을 쑤셔 넣는다. 그 뒤로 벌어지는 사태는 열
명이 넘는 무뢰한들에게는 인생의 마지막을 기념하는 한순간으
로 화해버린다.

너무 어둡고 습하다. 겨울의 날씨라고 말하기에는 사람의 역
한 비린내와 땀 냄새를 감당하기 어렵다. 습하고 축축한 기운
이 모텔 3층 전체를 집어삼킨다. 보아뱀 문신의 두목은 계속 뒤
로 물러나기에 바쁘다. 엄철우가 싸움이나 격투 실력이 출중해
서가 아니다. 칼춤 추는 게 엄청나게 능숙해 청부 살해에 이골이
난 다른 무뢰한들을 완전하게 제압하는 것은 아니다. 보아뱀 문
신의 남자가 보기에 엄철우에게는 자신과는 명백히 다른 한 가
지가 있었다. 그 실감의 실체를 확인시켜준 것은 엄철우가 문신
한 남자 앞에 우뚝 섰을 때다.

어느새 보아뱀 문신의 남자는 복도의 끝에서 끝, 계단 바로 앞
에 주저앉은 상태다. 비좁은 3층 복도에서 축축한 피비린내가

충만하게 넘쳐난다. 한 순간 한 순간, 엄철우는 사람을 죽이기 위해, 자신에게 위협이 되는 장애물을 치워내기 위해 모든 걸 쏟아붓는다. 문신한 남자의 눈에 보인 엄철우의 궁극은 그랬다. 자신의 그 무엇을 지키기 위한, 모든 것을 초월한 집념이 보였다. 그 광기의 집념을 목격한 엄철우의 상대는 결국 깨닫게 된다. '이 싸움은 해선 안 되는 거였어'라고.

　보아뱀 문신의 남자를 일으켜 세운 엄철우가 칼을 바로 잡고는 그의 관자놀이 부근에서 턱끝까지 수직으로 칼을 긋는다. 온몸 전체가 불길에 사로잡힌 것 같은 끔찍한 느낌에 남자가 비명을 지른다. 그리고 남자는 곧 갓 태어난 아이처럼 절박한 생존의 절망으로 뒤엉킨 울음을 터뜨린다. 그 앞에서 엄철우가 방금 전 끝내지 않았던 말을 남긴다.

　"주어진 건 끝까지 잘 지켜야지. 안 그래?"

21

민규가 모텔 '삼성'이 위치한 역삼동 모텔 골목에 도착했을 때 시간은 정확히 새벽 4시 1분이 지나고 있었다. 일방통행을 역주행해 들어온 민규는 차를 세우자마자 곧바로 내려 모텔 '삼성'을 바라본다. 검게 도색된 입구의 강화유리가 박살 난 게 보인다. 또한 모텔 주변 일방통행 도로 바닥에 수많은 유리 파편이 떨어져 있다. 민규의 시선이 반사적으로 위를 향한다. 3층. 복도와 방 유리가 남김없이 모두 박살 난 황폐한 풍경이 눈에 들어온다.

모텔의 끝, 편의점 근처에 제법 많은 사람들이 모여 있다. 그 중 정혜주의 모습이 민규의 눈에 들어온다. 경광등이 부착된 강력계 지원 차량인 아반떼XD까지 목격한 민규는 이제 한 사람만 찾으면 된다고 생각한다. 정혜주가 말한 엄철우. '그'만 찾으면 된다.

민규가 도착한 것을 발견한 정혜주가 손으로 모텔 '삼성'의 맞은편을 가리킨다. 맞은편엔 상가 리모델링이 진행 중인 벽체 전체에 철근이 박힌 건물이 보이고, 그 철근들 사이에서 걸어 나오는 한 남자가 보인다. 검은 후드티 차림의 엄철우다.

오른손에 칼 한 자루 쥐고 서 있는 엄철우는 모자도 점퍼도 벗겨진 채, 얼굴과 목, 손과 팔목에 한바탕 핏물을 묻히고 있다. 조금은 힘에 부친 듯 반쯤 벌린 엄철우의 입으로 초겨울 하얀 입김이 새어 나온다.

엄철우가 민규와 시선을 마주친다. 그가 민규를 향해 걸어온다. 손에 칼을 쥔 채로.

골목 주위가 모인 사람들로 가로막힌다. 엄철우가 조금은 빠른 속도로 다가오자 민규에게 순간, 15분 전 자신의 집 침실에서 느꼈던 수치심이 재차 찾아온다.

민규의 코앞까지 다가온 엄철우가 쏟아내는 거친 숨결이 그대로 전해진다. 그런 엄철우가 민규를 한참 바라보다 주머니에서 뭔가를 꺼낸다. 열쇠 꾸러미에 함께 걸려 있는 USB다.

그때, 아반떼XD에서 요란한 사이렌 소리를 내며 경광등이 회전하기 시작한다. 동시에 차에서 내린 재명은 총을 꺼내 들곤 엄철우를 위협한다.

"꼼짝 마, 이 개새끼야!"

순간, 엄철우가 뒤돌아 자신을 향해 매그넘44의 총구를 겨눈 재명을 바라본다. 그런 엄철우의 눈빛에는 서늘한 미소가 함께한다. 얼굴과 목, 뿔테 안경을 크고 작은 핏방울로 가득 메운 엄철우의 미소와 마주하는 순간 재명의 얼굴이 일그러진다.

"가만있어라, 개또라이 새끼야. 감히 경찰이 보는 앞에서 사람을 찔러."

엄철우의 시선이 재명에게서 민규에게로 옮겨 가더니 빠르게 한마디 한다.

"받아요."

"……?"

"얼른!"

엄철우의 열쇠 꾸러미를 받은 민규가 묻는다.

"뭐죠?"

"돈 받은 값 하는 거요. 그날 있었던 자료 중 남아 있던 거야."

말을 끝낸 엄철우가 그대로 총구를 겨눈 재명의 반대편으로 걷기 시작한다. 빠르지도 느리지도 않은 걸음이다. 그렇게 걸음을 옮겨 편의점까지 걸어간 엄철우가 정혜주의 팔을 붙잡고는 다시 모텔 골목을 향해 걸어온다. 처음엔 당황한 재명이 어처구니없다는 표정으로 돌변하며 엄철우를 향해 소리친다.

"이 새끼가 미쳤나! 안 멈춰!"

더 이상 인내하지 못한 재명이 허공을 향해 방아쇠를 당긴다. 총소리보다 주위에 모여든 사람들의 비명 소리가 더 크게 울린다. 하지만 엄철우는 재명의 경고에 반응하지 않는다. 무적자 용병들이 남기고 간 BMW 중 시동이 걸려 있던 차에 올라탄 엄철우와 정혜주는 그대로 차를 몰고 모텔 골목을 빠져나간다. 재명이 뒤늦게 빠져나가는 BMW를 향해 방아쇠를 당겨보지만 허무한 오발에 그치고 만다.

엄철우가 떠나고 난 뒤, 민규는 재명을 바라본다. 그의 얼굴에는 현재의 상황을 어떻게 받아들여야 할지 전혀 판단할 수 없는 참담한 표정으로 가득하다. 민규는 그런 재명에게 엄철우가 넘긴 USB를 건넨다. 그리고 황당한 얼굴로 자신을 바라보는 재명에게 담담하게 한마디 건넨다.

"지금 이 자료는 나보단 조재명 형사님께 어울릴 것 같아서요."

"그런데 말이야."

"……?"

"변호사 아저씨. 한마디만 할게요."

총을 다시 총집에 꽂아 넣은 재명이 숨을 고르며 말을 잇는다. 민규의 눈엔 깨진 유리, 곳곳에 튀어 있는 핏물, 멀리서부터 선명해지는 경찰 차량과 앰뷸런스 소리로 채워지는 모텔 골목이 들어온다.

"어떻게 이럴 수가 있지?"

22

머릿속이 멍해진다.

차창 위에 올려놓은 경광등을 뗄 생각도 못 한 채 재명이 핸들을 잡은 아반떼XD는 새벽의 올림픽대교 위를 질주한다. 120에서 130, 그리고 140킬로미터까지. 차체가 흔들리기 시작하고 손에 쥔 핸들 역시 제 위치를 잡지 못해 경련한다. 그사이 기어 레버 옆에 아무렇게나 던져놓은 재명의 폰에서는 쉬지 않고 진동음이 들려온다. 강남경찰서에서 찾는 전화, 문자메시지가 대부분일 것이다. 확인하지 않아도 알 수 있다.

자신의 관할 구역에서 일어난 총성, 역삼동 모텔 골목에 모여든 사람들의 신고 전화. 폭격이라도 맞은 것처럼 한 층 전체가 쑥대밭이 되어버린 모텔의 풍경. 그리고 그 모텔 3층에서 풍겨나오는 잔인할 정도로 짙고 어두운 피비린내. 이 모든 황망하고 비현실적인 상황에 대한 경위를 묻는 호출에 자신의 폰이 내내 시달리고 있다는 걸 재명은 모르지 않는다.

하지만 아무 할 말이 없다. 무슨 말을 어떻게 해야 할지 최소한의 과정도 그려지지 않는다. 재명의 머릿속엔 방금 전 모텔 '삼성' 3층에서 벌어진 한 장면 외에는 아무것도 떠오르지 않는다.

*

용병들이 들어간 지 5분여 만에 3층 복도 유리가 박살 나고 그중 한 명이 3층에서 모텔 앞 시멘트 바닥으로 곤두박질쳤다. 이미 얼굴 전체가 피투성이가 된 채로.

차 안에서 대기하던 재명은 엉겁결에 차에서 내렸다. 그리고 오랫동안 사용하지 않은 총, 강력계 경찰에게 지급되는 매그넘 44의 탄창에 공포탄 외에 실탄이 다섯 발 장전되어 있다는 걸 확인했다. 확인이 끝나자마자 재명은 단숨에 모텔 '삼성' 3층으로 뛰어 올라갔다. 3층 초입에 발을 딛자마자 재명의 두 귀로 들려오는 숨소리, 신음 소리, 동시에 코끝을 찌르는 피비린내가 재명의 동작을 멈추게 했다. 그는 차라리 복도로 올라오지 말았어야 했다.

재명이 3층 복도에 한 발을 내디딜 때, 재명의 눈앞에 비현실의 괴물이 아닌 진짜 괴물이 나타났다. 모텔의 어둑한 조명 아래, 복도 끝에 서 있는 한 존재는 엄철우가 아니라 괴물이 틀림없다. 거친 숨을 내쉬는 엄철우의 손에 쥐여진 칼은 재명의 눈에 칼이 아니라, 몸 전체가 흉기로 돌변해버린 괴물의 몸 그 자체

129

다. 괴물이 아니고선 그 순간, 그 많은 사람들을 도축장의 가축처럼 사지 곳곳을 찔러 바닥과 벽에 검고 붉은 피로 도배할 수는 없는 것이다. 그런 엄철우가 재명과 눈을 마주하는 순간 NYPD 모자를 벗어 바닥에 내던졌다. 눈가 밑까지 내려오는 흑발의 생머리가 땀으로 젖어 있는 게 재명의 눈에 들어왔다. 엄철우는 뿔테 안경을 한 번 곧추세우고는 비명을 지르며 도망가는 용병 하나를 바라봤다. 용병은 재명과 어깨를 부딪친 뒤 계단 밑으로 전력을 다해 도망쳤다. 이후 재명의 시선에 3층 복도에 널브러져 있는 열두 명의 무적자들, 붉은 피로 엉망이 된 그들의 시체만이 출렁거렸다. 한 잔 가득 채워진 레드와인처럼.

*

올림픽대교에서 강변북로로, 강변북로에서 다시 올림픽대교로. 한남대교에서 행주대교로, 행주대교에서 다시 잠실대교로. 어떤 불가항력의 관성이 작동한 것일까. 재명의 아반떼XD는 결국 한남대교를 거쳐 차병원 사거리로 또다시 돌아오고 만다. 새벽 4시부터 시작된 끔찍한 무아의 질주는 트래픽이 가장 절정에 다다른 아침 8시 30분에 중단되고 만다.

차병원 사거리의 아무 골목에나 차를 몰고 들어간 재명은 결국 강남 강력계 사무실 건물 후문에 차를 버리듯 주차하고는 바로 밖으로 빠져나온다. 그리고 강력계 사무실에서 가장 가까운 곳에 위치한 24시간 피시방을 찾는다. 아침 8시 30분의 피시방은 텅 비어 있다. 계산대 역시 비어 있는 그곳에서 한 시간 정액권을 결제한 재명은 구석진 자리에 앉는다. 럭키스트라이크 한 개비를 입에 물고 한참 동안 모니터를 응시하지만 아무것도 보이지 않는다.

그렇게 30여 분이 지난다. 지하 피시방의 문이 열리는 소리가 들린다. 재명이 고개를 돌려 문을 바라본다. 젊은 남자 녀석인데, 후드티 차림이다. 녀석도 구석진 자리에 앉은 재명을 다소 불편한 표정으로 바라본다. 하지만 둘의 눈싸움은 오래가지 않는다. 녀석이 서둘러 재명의 시선을 피해 계산대 안으로 들어선다. 아르바이트생이다. 재명이 다시 고개를 돌려 모니터를 바라본다. 그리고 그때가 되어서야 두어 시간 전, 민규가 자신에게 건네준 USB를 피시 본체에 접속하고 헤드폰을 쓴다. 곧바로 14인치 대형 모니터에서 한 개의 폴더가 열리고, 폴더를 더블클릭 하자 한 편의 동영상 파일이 나타난다. 한 시간 정액권에서 이제 남은 시간은 28분, 동영상 파일의 재생 시간은 27분 30초다. 재명은 더 이상 망설이지 않고 담담하게 동영상을 재생하고 모니터를 통해 재연되는 그날, 카르멘 호텔에서의 사고 장면이 담긴 동영상을 지켜보기 시작한다.

23

화면이 거친 게 차라리 다행이다. 카르멘 호텔 펜트하우스를 사선으로 스미듯 비추는 CCTV 렌즈 방향도 적나라하지 않아서 다행이다.

동영상을 보는 내내 재명은 '다행이다'라는 생각에 지배당했다. 재명은 몇 년 전부터 사이버수사대나 해외에 도메인을 갖고 있는 불법 동영상 사이트의 스너프 필름 장면들을 떠올린다. 그 떠올림은 결코 유쾌한 종류의 것이 아니다. 스너프 필름은 꽤 소프트한 수준이라 해도 비위가 여간 강한 사람이 아니고서는 장면이 주는 충격에서 벗어나기 어렵다. 일본 포르노에서 좀 더 악의적으로 진화한 SM 종류까지는 강남의 밤을 부유하는 이십대 청춘들에게는 나름 적절한 감상거리일 수 있어도 그 수위가 스너프 필름으로 넘어가는 순간 참을 수 없는 구역질이 올라오기 마련이다.

엄철우가 넘긴 사고 당일 장면이 담긴 동영상을 지켜보는 재명이 자신도 모르게 구역질을 참지 못한 이유도 그 때문이다.

27분 30초의 재생 시간에서 재명은 20분 이상을 보지 못한다. 동영상은 친절하게도 사고가 발생한 시각부터 카르멘 호텔 펜트하우스에 집중되어 있다.

새벽 0시. 준공을 일주일 앞둔 호텔 카르멘의 최고층 펜트하우스의 불은 환하게 켜져 있다. 유난히 환한 조명의 직하를 통해 열한 명의 남녀가 벗은 몸으로 죽음의 춤을 추고 있다. 재명은 그 춤이 다섯의 미치광이 남자들과 그 남자들의 도구체인 다섯, 아니 한 명이 더 추가된 여섯 여자의 원치 않는 착란의 춤인 것을 알고 있다. 또한 재명은 알고 있다. 그들, 알몸 차림의 열한 명이 벌이는 혼음의 마지막이 어째서 죽음의 춤으로 마무리되고 있는지. 열한 명의 혼음을 가만히 지켜보던 유희의 관조자가 어느 순간 살육의 심판자로 돌변한 탓이다. 그 외에는 해석이 불가능하다.

*

투명 테이블 위에 두서없이 떨어져 있는 주삿바늘과 약봉지, 백색의 분말이 흩날린다. 다섯 명의 여자들이 한 명의 남자에게 달라붙어 벗어나려 하지 않는다. 노랑머리에 요란한 피어싱을 한 몽키는 다섯 명의 여자들에게 애무를 받으며 쾌락으로 윤색된 몽롱한 기억에서 벗어날 생각이 없다. 그 다섯 중에 혜주는 없다. 잠시 후, 몽키는 다섯 여자들을 밀쳐내고 홀 구석에 고개를 숙이고 처박혀 있는 한 여자, 혜주의 머리채를 붙잡고 그녀를 대형 유리 테이블 위로 끌고 나온다. 그러자 네 남자들이 일제히 몽키를 따라서 혜주를 제물 삼아 달라붙는다. 차갑게 식어가는 시체처럼 혜주의 몸은 유독 과도한 스포트라이트 아래 푸르고 시린, 심지어 아득하기까지 한 청록빛으로 빛난다.

몽키는 춤을 춘다. 섹스의 춤을 춘다. 거의 미쳐버린, 아니 완전히 미쳐버린 혜주의 머리채를 붙잡고 강제로 그녀의 열려버린 구멍이란 구멍, 어디라도 상관없다는 기세로 자신의 페니스를 밀어 넣으려 한다. 그건 다른 네 남자 모두 공통으로 품은 필사적인 본능이다. 한 여자의 나신을 붙잡고 저런 식의 섹스 혹은 섹스를 위장한 가학이 가능한지 재명은 CCTV 동영상을 실제로 보고서야 실감이 가능했다.

그리고 이어지는 춤이 있다. 10여 분 지났을 때, 약에 취하고, 섹스에 취하고, 쾌락에 취하고, 돈에 취해 미쳐 있는 섹스 파티의 중심으로 누군가 이 파티의 주인인 양 무심하고도 자연스럽게 걸어 들어온다. 열한 명의 벗은 몸과는 대조되는 평상복 차림의 한 남자, 반백의 머리에 거동이 불편한지 한쪽 다리를 질질 끌면서 등장한 초로의 남자. 그는 마치 누구도 눈여겨보지 않는 야간 경비원처럼 혹은 공중화장실의 청소부처럼 열한 명 중 누구의 관심도 끌지 않은 채, 마치 투명 인간처럼 펜트하우스 안으로 들어온 것이다.

하지만 그 무심함이 열한 명의 나체를 광란의 춤으로 화해버리는 순간은, 결코 무심할 수 없는 중증의 포르노 필름 한 장면을 떠올리기에 충분하다.

재명의 머릿속은 삽시간에 엉망으로 도색된다. 안타깝게도 이 장면이 최소한의 연출도 배제된 재앙에 가까운 실사이기 때문이다. 초로의 남자는 무심히 들어와 혜주를 뒤에서 덮치는 가장 신랄하고 역동적인 교접의 한 장면을 연출하는 몽키에게로 다가간다. 남자의 손에는 칼이 쥐여 있다. 그러더니 남자는 갑자기 방향을 틀어 마약에 취해 키득거리거나 머리를 유리 테이블에 처박고 있는 여자들의 옆구리와 허벅지를 향해 칼을 휘두르기 시작한다. 무심하게 휘두르는 듯하지만 가혹할 정도로 여자들의 몸에서 검붉은 핏물이 거침없이 치솟아 오른다. 남자가 사용한 살인 도구조차도 별도로 준비한 게 아니다. 펜트하우스의 유리 테이블 어느 곳에서 수십 개의 주삿바늘, 백색의 필로폰 가루와 함께 어질러진 소품 중 하나로 존재하던 과도다.

거칠고 굵은 남자의 건조한 손이 쥔 과도에서 핏물이 쏟아져 나오는 걸 보는 건, 죽음의 춤일 수밖에 없는 수백만의 핏방울이 유난히 밝게 빛나는 펜트하우스의 투명함 속에서 분출되는 장면을 지켜보는 건, 결코 유쾌한 일이 아니다. 재명은 저항하지 않고 한 늙은 남자의 태연하기까지 한 칼춤에 의해 숨통이 끊기는 이들의 마지막을 지켜보는 걸로 만족해야 한다. 또 하나, 이토록 무심한 죽음의 춤을 추는 남자의 정체를 목격하는 것으로 만족해야 하는 것이다.

여자들은 혜주를 제외하고 모두 바닥에 쓰러져 있다. 혜주는 피투성이가 된 채 겁에 질린 표정을 하고 몽키의 품에 안겨 있다. 하지만 몽키는 결코 구세주가 아니다. 몽키는 겁에 질려 울부짖는 혜주의 모습을 보며 극심한 황홀감에 사로잡힌 표정이 된다. 작업복 차림의 민경식은 과도를 내려놓고 몸을 부르르 떠는 혜주, 몽키의 손아귀에 사로잡힌 그녀의 두 허벅지를 거친 손으로 움켜쥐고 다리 사이로 자신의 큼지막한 머리통을 밀어 넣는다.

민경식과 몽키가 비명을 지르는 혜주를 강간하는 장면을 지켜보던 재명은 무심코 지갑을 꺼낸다. 지갑 앞주머니에 역시 무심코 꽂아둔 명함들을 되는대로 꺼내 피시방 바닥에 펼쳐놓는다. 명함 중에서 가장 구겨진 명함을 집어내 거기에 적힌 휴대폰 번호로 전화를 건다. 신호는 재명을 오래 기다리게 하지 않는다. 번호를 누르고 통화 버튼을 누르고, 두어 번의 신호가 이어진 뒤 상대는 바로 재명의 호출에 응답한다. 절망적으로 가라앉는 한 남자의 굵고 거친 목소리다.

"기다리고 있었소."

"제 번호를 알고 계십니까?"

"아니. 그렇지만 이 시간에 전화할 사람이 당신일 것 같아서."

"회장님. 제가 누군지 아십니까?"

"형사 나리지, 누구긴 누구야. 틀렸나?"

"아니요. 맞습니다."

"그래…… 어떻게 성공했소?"

"저기 회장님. 그게."

재명의 시선에서 동영상이 재생되는 가운데 가장 흥미로운 부분이 발견된다. 섹스 파티에 참가한 이들을 죽이고 정혜주를 몽키와 함께 강간하는 장면이다. 무릎을 꿇고 앉아 있는, 다른 이들의 몸에서 튀어 오른 피의 세례에 충분히 오염되어버린 정혜주 앞에 우뚝 선 남자는 자신을 향해 고개를 힘껏 들어 올린 여자 앞에서 지금까지 하던 행동을 멈춘다. 무심하고도 잔혹한 죽음의 춤을 멈춘 것이다. 때맞춰 통화 속 상대가 재명에게 말을 걸어온다.

"실패한 모양이군."

"회장님…… 그보다는…….'"

"인생을 살다 보면 실수할 때도 있고…… 돌아서 갈 때도 있는 거요. 하지만 이번 경우는 지나치게 잔인한 것 같은데."

"그보다는 회장님께 묻고 싶은 게 있는데요."

"질문이 있어요?"

"예. 맞습니다. 질문, 질문이 있습니다."

"그래요. 뭔데?"

"제가 다큐를 하나 구해서 봤습니다."

"……다큐?"

"카르멘 호텔, 새벽에 일어난 사고 현장이 담긴 동영상 말입니다."

잠시, 아주 잠시 동안의 침묵이 이어진다. 동영상을 봤다는 것은 사고 현장을 봤다는 뜻이고, 그건 민경식의 욕망을 목격했다는 뜻이기도 하다. 그 짧은 순간, 재명은 마른침을 삼킨다. 잠시 후 민경식이 말을 잇는다.

"그래……?"

"회장님……."

"말하시오."

"솔직한 질문 하나만 해도 되겠습니까?"

"지금 하고 있지 않소. 어서 질문하시오."

"회장님은 정말 무슨 생각을 갖고 계신 겁니까?"

"무슨 생각이라니……."

"그렇습니다. 도대체 무슨 생각으로 제게 이런 의뢰를 하신 건지 정말 모르겠습니다."

"내가 형사 나리에게 원한 건 내 아들 죽인 놈을 잡아달라는 거였는데……."

"그렇습니다만…… 지금 이 장면을 목격한 저로서는 이 사안이 더 궁금해 견딜 수가 없네요."

"뭐가 그렇게 궁금하냐고?"

"씨발."

"뭐야?"

"도대체 아버지와 아들이 같이 뒤엉켜 뭐하는 건지 모르겠어서 그렇습니다!"

재명이 자신도 모르게 소리를 지른다. 낮은 해상도의 동영상에선 아버지와 아들이 마치 목욕탕에서 함께 목욕을 하듯 한껏 즐겁고 아늑한 표정으로 비명을 지르는 젊은 여자의 육체를 유린하는 장면이 재연되고 있다.

"좆같아서 진짜……. 이걸 나보고 어떻게 수습하란 말입니까, 예? 회장님. 말씀 좀 해보세요!"

그 순간은 그랬다. 재명은 진심이었다. 그는 진심으로 민경식을 이해할 수 없었다. 통화 속 상대, 민경식 회장. 몽키라는 예명으로 잘 알려진 민이설이란 혼외 자식을 둔 강남 부동산의 실질적 권력자에게 재명은 묻고 싶다. 왜 자신이 이런 스너프 영상을 목격해야 하는지. 민경식 회장의 침묵이 길어질수록 재명은 점점 더 숨이 막힌다. 질식할 것 같은 갑갑함, 죽음의 두려움이 가혹할 정도로 빠르게 엄습한다.

죽음과 탐욕의 섹스를 끝낸 초로의 남자가 동영상 속 화면에서 사라진다. 남자의 퇴장 이후, 펜트하우스에는 몽키와 정혜주 둘만 남는다. 정혜주가 바닥에 널브러져 있던 원피스로 손을 뻗는다. 속옷도 입지 않은 채, 타이트한 원피스만 힘겹게 입고 정혜주는 심하게 비틀거리는 걸음으로 퇴장한다. 그 걸음을 보던 몽키가 자리에서 일어선다. 얼굴에는 여전히 뜻을 알 수 없는 웃음으로 가득하다. 그리고 정혜주가 승강기 바로 앞까지 다가간 순간, 몽키가 빠른 걸음으로 정혜주의 뒤를 추격한 그 순간, 승강기 문이 열린다. 그리고 누군가, 어떤 누군가가 승강기 밖으로 한 발을 내민다.

정혜주의 모습이 사라진 화면에는 열 명의 남녀가 서로의 몸에 포개어지거나 뒤엉킨 채로 부동의 사물이 된 정지 장면만이 계속된다. 그리고 그 순간, 통화 속 상대인 민경식 회장의 음험한 목소리가 짧고 단호하게 이어진다.

"조 형사."

"……."

"듣고 있소?"

"예, 회장님. 말씀하세요."

"조 형사, 우리 말이오. 좀 봅시다."

"……어디서요?"

24

새벽 3시 20분. 민규는 여전히 잠들지 못한다. 높은 천장, 푸르른 창문이 드리워진 침실에는 처음부터 아무도 없었던 것 같다.

미등이 켜진 나이트테이블 위에는 민규가 삼키다 만 수면제가 어지럽게 놓여 있다. 몇 알을 삼켰는지 모른다. 의사가 처방한 것 외에 추가로 얻은 수면제까지 다 털어 넣었는데도 여전히 그는 잠들지 못한다. 몸을 창가 쪽에서 백색의 벽을 향해 돌아누운 뒤에는 더욱 잠이 오지 않는다. 100호 크기의 〈풀밭 위의 식사〉가 가져다주는 뜻 모를 위압감 탓일까. 아니면 그 기괴함이 짙게 파고든 탓일까. 민규는 계속 잠을 이루지 못한다.

민규가 이 시간에도 잠들 수 없다는 것을 안 걸까. 아니면 새벽이든 어떤 시간이든 전화해야 할 정도로 다급한 일이 있어서일까. 침대 옆에 놓아둔 민규의 휴대폰이 울리기 시작한다.

민규는 한참 후에야 발신자를 확인한다. 선배 우진이다. 민규가 잠들지 않은 시간에도 전화를 받지 않는다는 걸 아는지 우진은 포기하지 않고 계속 전화를 걸어온다. 민규가 상체를 일으킨다. 몸을 돌려 언제나처럼 한밤중인, 여전히 네온으로 가득한 창밖의 강남 풍경을 바라본다. 강남의 네온과 불투명 유리에 비친 자신의 알몸이 중첩된다. 휴대폰은 1분이 지나도 진동을 멈출 생각이 없는 듯하다.

"여보세요."

"누군지 알면서 왜 이래."

"무슨 일인데요?"

하지만 상대는 자신이 왜 전화를 걸었는지 민규가 알고 있는 것으로 갈음하여 받아들인다. 그리고 용건을 묻는 민규의 질문에 물음으로 되받는다.

"왜 그런 실수를 했어?"

"실수……?"

"엄철우가 건넨 자료를 왜 조재명 경위한테 넘긴 거지?"

민규가 망설이는 태도를 보이자 우진은 못을 박듯 자신이 말한 실수란 것을 짚어준다. 민규는 그제야 우진이 말한 의도를 파악한다. 하지만 민규는 그에 대해 변명할 생각이 없다.

"그 형사와 공조하는 걸로 알고 있는데요."

"공조는 무슨…… 도박에 미친 양아치 새끼와 무슨 공조야. 한시적 유용이면 몰라도. 아무튼."

폰을 손에 쥐고 민규는 자리에서 일어선다. 자신의 알몸이 적나라하게 침실 대형 창문에 들어온다. 외부의 네온 불빛이 마치 원래 그 자리에 존재하던 정물처럼 붙박여 있다. 민규는 무심히 창문 아래의 강남을 내려다본다. 그사이, 우진이 자신의 진짜 용건을 밝힌다.

"새로운 오더가 있는데, 이 건하고 연결되어 있어."

"추가로 계약해야 하나요?"

"약간 복잡해. 네 실수를 물고 들어오면 그쪽에서 구상권 청구할지도 모르고."

"누가 청구하는데요?"

"추정이지만…… 거의 확실해. 민현태 소장 쪽일 거야."

"민현태?"

"민경식 회장 큰아들, 세종경제연구소 소장."

　강남구 신사동 663번지. 20년 전만 해도 이곳은 오래된 아파트가 가득한 틈새에 백화점 한 곳 들어선 게 전부였던 거리다. 20년이 지난 지금은 중국 성형 관광객들을 위한 성형외과 타운과 카페, 오디션을 핑계로 거리를 오가는 연예인 지망생, 그들을 맞아들이기 위해 눈을 돌리는 캐스팅 폰카 촬영, 초대형에서부터 크고 작은 연예 기획사들이 운집한 용광로 같은 곳으로 돌변해 있다. 그렇게 변한 거리의 끝자락에 고급스러운 인테리어와 화려한 원색의 패션숍 분위기와는 전혀 어울리지 않는 오래된 옥외 주차장과 그 주차장 건물 지하에 스크린골프장이 있다.

　재명은 민경식 회장과의 통화를 끝내자마자 강력계 공무차인 아반떼XD 대신 자신의 SUV를 몰고 달려왔다. 텅 빈 옥외 주차장에 차를 주차한 뒤 그곳 1층에서 민경식이 자신에게 걸어온 번호로 두 차례 전화를 걸었다. 신호는 가지만 상대는 아무런 반응이 없다.

'돌아서야 하나.'

재명은 잠시, 찰나적 순간 생각한다. 하지만 생각의 끝에서 언제나 한 장의 불평등 각서가 낙인처럼 그의 생각을 지배한다. 2억 원이 넘는 도박 빚과 관련된 채무이행 각서. 물론 도박 빚 따위는 갚지 않아도 된다는 걸 모르는 재명이 아니다. 문제는 경찰이 거액 도박판에서 편취를 했든 갈취를 당했든 참여했다는 것과 거기에 액땜 삼아 상습적으로 미성년 여자들과 성매매를 했다는 문제를 피할 수는 없을 것이다. 인정하고 싶지 않지만 민경식이든 누구든 강남 하우스를 장악한 이들이 자신의 목줄을 쥐고 있는 셈이다.

*

비상계단을 이용해 지하 1층으로 내려간 재명에게 보이는 건 칠흑 같은 어둠뿐이다.

'씨발. 뭐 이렇게 어두워.'

폰 액정으로 희미하게 주위를 밝힌 재명은 전등 스위치를 발견한 순간 주저하지 않고 불을 켠다. 열 개 남짓한 스위치 전체를 올린 것이다.

스위치를 올리는 데에는 아무런 망설임도 없었지만 불이 켜진 뒤 100평이 넘는 스크린골프장 전체가 모습을 드러낸 순간 재명은 불을 켠 자신의 행동을 후회한다. 지나치게 밝은 조도 아래 드러난 스크린골프장 한복판에 누운 한 구의 시체가 재명의 인상을 절로 찡그려지게 만든 것이다. 그는 자신도 모르게 혼잣말처럼 욕설을 쏟는다.

"개새끼들!"

다시 스위치 쪽으로 손이 간다. 할 수만 있으면 켰던 불을 모조리 다시 끄고 싶다. 하지만 피투성이가 된 남자의 뜬 눈이 재명의 행동을 멈칫하게 한다. 남자의 부릅뜬 눈은 초점을 잃었지만 분명한 집념으로 끓고 있는 것처럼 재명의 눈에 와 닿는다.

재명은 분명히 죽은 것으로 추정되는 시체를 향해 한 걸음 한 걸음 다가간다. 상하의가 찢겼고, 얼굴 전체가 자상으로 가득하다. 수십 번 정도가 아니라 수백 번 이상의 칼질이 가해진 것이 분명하다. 재명은 마른침을 삼키며 그의 실체를 확인한다. 바로 몇 시간 전 자신에게 전화한 민경식이다.

숨은 거뒀지만 여전히 감기지 않은 민경식의 두 눈에서 재명이 쉽게 벗어나지 못하는 이유는 단 하나다. 카르멘 호텔 집단 살인사건 현장의 마지막을 장식한 민경식. 그 비밀이 감기지 못한 눈동자 속에 담겨 있을 것만 같기 때문이다.

재명은 더 가까이 민경식에게 다가간다. 부릅뜬 민경식의 두 눈은 비교적 높은 스크린골프장의 천장을 부술 듯 노려보고 있다. 이처럼 강인한 집념을 품은 남자의 눈빛을 본 적이 있던가. 수백 번 칼부림의 희생자가 되고, 숨통이 끊어져도 수십 번은 끊어졌을 완벽한 육체의 죽음에도 아랑곳 않고 추스를 수 없는 분노에 사로잡힌 눈빛을 재명은 단 한 번도 본 적이 없다.

차갑게 식은 민경식의 코앞까지 얼굴을 가져간 재명은 묻고 싶다. 날 선 그의 검은 눈동자는 여전히 살아 숨 쉬는 것 같다. 재명은 알고 싶어 견딜 수가 없다. 이 독기 서린 눈빛을 하고 왜 사람들을 죽였는지, 왜 아들의 벗은 몸에 칼질했는지……. 그리고 왜 아들의 여자는 살려뒀는지. 혹시라도 아들이 데리고 놀던 최상품의 장난감을 보호하려고 이런 일을 벌인 건 아닌지. 아들의 여자가 민경식에게는 어떤 의미인지 재명은 뭐든 묻고 싶어 견딜 수가 없다.

하지만 부릅뜬 두 눈은 침묵으로 자신의 분노를 표현하고 있다. 침묵은 깊은 수렁처럼 살아 있는 자들에게 아무런 답도 주지 않는다. 재명은 다시 한번 짧은 독백을 중얼거린 뒤 현장을 벗어난다. 끔찍한 두통이 찾아오는 걸 감수해야 하는 아쉬움과 함께.

"개 같은."

26

강남구 삼성동 오크우드 호텔 최고층 라운지.

오전 7시 20분에 이곳에 도착한 민규는 자신을 침묵으로 기다리는 두 남자를 발견한다. 한 남자는 슈트 외에는 다른 차림을 상상하기 어려운 로펌 직속 선배 정우진이며, 다른 남자는 뉴스나 주요 공공기관의 연설장에서 심심찮게 봐오던 세종경제연구소 소장 민현태다.

민현태가 강남 부동산 실세 민경식 회장의 맏아들이란 정보는 그들만의 리그인 강남 정보통 중에서도 몇 안 되는 이들만 비밀리에 공유하는 정보다. 민현태는 자수성가한 미국 경제학 박사 출신으로, 강남 지역구를 기반으로 보수정당에서 세 번 이상 공천받아 3선 국회의원으로 활동한 이력이 있는 인물이다. 언론 곳곳을 통해 어렵지 않게 이름이나 얼굴을 익혀온 공인의 모습으로 각인된 민현태는 하지만 이 순간 범접하기 어려운 침묵의

결계 속에 스스로 은폐된 것처럼 보인다.

민규가 자리에 앉았지만 우진, 민현태 둘 모두 그를 아는 체하지는 않는다. 대신 민현태는 아침 메뉴치고는 과해 보이는 스테이크를 썰고 있고, 우진은 레드와인을 따라 마시는 중이다. 민규가 자리에 앉자, 정갈한 차림의 여종업원이 그의 자리로 다가와 잔 가득 레드와인을 따라준다. 민규도 와인을 마시며 둘의 표정이나 상태를 조심스럽게 살핀다. 민현태는 티브이나 언론 인터뷰에서 봐왔던 모습 그대로다. 또렷한 이목구비에 깔끔하게 관리한 듯 보이는 피부가 인상적인 사십대 후반의 스마트한 스타일의 남자였다.

*

셋의 조찬이 침묵 속에서 끝이 난 뒤, 모두의 자리에 에스프레소 한 잔씩 놓인다. 진한 향기로 코끝을 찌르는 에스프레소를 민현태는 말없이, 비교적 빠른 속도로 마신다. 우진은 내내 민규와 민현태 사이에 흐르는 기류를 눈치 빠르게 살피는 모습을 보인다. 민규는 어색한 침묵 속에서 내내 무심한 태도로 일관한다. 민현태가 스테이크 한 점과 샐러드 한 접시, 디저트로 치즈케이크 한 조각을 섭취하는 동안 민규의 입안으로 들어간 건 검붉은 레드와인 두 잔뿐이다.

두 잔째 와인을 비운 민규를 내내 지켜보기만 하던 민현태가 말문을 연다. 민규의 무심한 표정과 닮은 종류의 말투다.

"처리해주셔야 할 일이 생겼습니다."

민현태가 말문을 열자마자 우진이 서류 봉투에서 사진들을 꺼내 민규 쪽으로 포커 패를 배당하듯 밀어준다. 사건 현장을 담은 사진들과 수십 개 이상의 자상을 입고 피투성이가 되어버린 민경식 회장의 시신이 여러 각도로 찍힌 사진들이다. 민경식 회장의 비참한 시신을 물끄러미 바라보던 민규를 향해 민현태가 말을 잇는다.

"전 우리 아버지의 죽음을 범인 없이 미궁에 빠진 개죽음으로 남게 하고 싶지는 않네요."

민현태의 말을 우진이 받는다.

"민 회장님과 통화한 사람이 조재명 경위입니다."

조재명이란 말이 나오자마자 민현태가 민규를 바라본다. 자신을 바라본 눈빛 속에 담긴 뜻을 읽은 민규가 빠르게 민현태에게 말한다.

"현직 형사를 설계하긴 어렵습니다."

"살아 있는 채로 잡아넣긴 어렵겠죠."

"그러면 다른 방법을 생각하시는 겁니까?"

"다른 방법이야 한 가지밖에 더 있겠습니까?"

이후, 민현태는 말을 아낀다. 우진이 부연 설명을 대신한다.

"조재명을 잡고 시나리오를 써야지. 경찰 권력을 잘못 사용한 비위 경찰, 강남 하우스에서 억대 도박 빚에 쫓기다 강남 큰손을 협박, 우발적으로 살해한 뒤 신변을 비관해 자살하는 걸로 마무리하면 깔끔하겠지."

그의 말만 들으면 상황은 매우 수월해 보인다. 민규도 생각해 보지 않은 시나리오는 아니다. 순간, 우진이 민규를 향해 두어 번 눈짓을 해 보인다. 민규가 우진의 사인이 무슨 의미인지 가늠하는 사이 민현태가 말을 건넨다.

"이런 시나리오는 김 변호사님이 절묘하게 잘 이끌어낸다고 들었습니다."

"……."

"조재명이란 비위 경찰에게 아버지의 광대 짓이 담긴 동영상을 넘긴 것도 의도적이었다면서요? 처음엔 쉽게 이해가 안 갔는데, 나중에 생각해보니 그림이 그려지더군요."

어떤 그림이 그려진다는 걸까. 민규가 우진을 바라본다. 우진은 민규의 시선을 피하며 와인을 마신다. 민규는 민현태를 향해 묻는다.

"구멍이 뚫린 부분이 있습니다."

"동영상을 형사가 갖고 있다는 문제점 말입니까?"

"알고 계시네요."

"그건 제가 알아서 합니다."

"소장님께서요?"

"김 변호사님은 아버지 죽인 범인을 조재명으로 못 박는 초동 수사 증거물만 잘 맞춰주시면 됩니다."

세 잔째 와인을 비운 우진이 민규에게서 또 다른 질문을 일으킬 만한 요소를 차단한다.

"조재명 형사는 부모 모두 죽고 이혼한 뒤 하나 있는 아이도 엄마 쪽에서 키워. 청소해도 별 탈 없단 소리야."

민규가 조심스럽게 민현태의 손을 바라본다. 어떤 소재인지 판단하기 어려울 정도로 사방에서 강한 빛을 발하는 루비 반지가 눈에 띈다. 민현태는 입을 다문 민규를 보며 시간을 확인한다. 오전 7시 50분. 라운지 입구에는 양복 입은 남자 몇이 민현태를 기다리는 듯 대기하고 있다. 민현태가 말한다.

"더 질문 없으시죠? 있으셔도 다음부터는 정 변호사와 협의하시죠."

"질문 하나 남았습니다."

"말씀하세요."

"민경식 회장은 누가 죽인 겁니까?"

"……."

"그리고 몽키는 또 누가 죽인 거죠?"

민규의 말에 순간 우진의 표정이 굳는다. 민규는 여전히 차분히 가라앉은 무심함으로 민현태를 바라본다. 민현태가 잠시 짧은 한숨을 쉰 뒤 되묻는다.

"설계자가 알 필요가 있습니까?"

"설계자인 제가 모르면 알리바이 처리가 불가능합니다."

"이해가 잘 안 되네요. 쉽게 설명해주시겠어요?"

"진범을 모르는 상태라면 증거 처리에 오류가 생길 수도 있다는 말입니다."

"다른 악취미가 있는 건 아니고요?"

민현태의 질문에 민규는 침묵으로 대응한다. 그리고 생각한

다. 진실, 감춰질 수 없는 것, 가공되지 않은 본연의 것. 그런 걸
묻는 게 악취미일 수 있는가.

민규의 말을 듣고 오랜 침묵을 지키던 민경식의 장남 민현태
가 입을 연다. 오랫동안 정치인의 삶을 살아와서일까. 민현태의
답은 과하게 느껴질 정도로 중의적이다.

"아버지나 그 시건방진 핏덩이나……. 그 둘, 너무 오래 살았
어요. 주어진 몫보다 훨씬 더."

*

우진과 민규는 오크우드 호텔 라운지를 나와 지하 2층 주차장
을 향해 나란히 걷는다.

우진은 민규를 탓하지 않는다. 민규의 질문이 분명 의뢰인을
향해 지켜야 할 도리를 벗어남에도 우진은 문제 삼고 싶지 않다.
그 역시 민규가 감당해야 할 몫이기 때문이다. 대신 우진은 민규
의 일상적이지 못한 상태를 우려한다. 민규가 평정심을 상실하
고 매끄러운 일 처리에 차질을 빚을지 모른다는 우려 때문이다.

"요즘도 불면이 계속돼?"

"늘 그렇죠."

"약을 좀 바꿔보는 게 어때? 보기에도 아슬아슬해 보인다."

"그건 그렇고. 민경식 회장에 대해 아는 거 있어요?"

"그 양반이 치매라는 것밖에는 별거 없어……."

"그 외엔요?"

"몽키 같은 혼외 자식이 몇 명 더 있다는 것."

"그리고요?"

"왜 그래? 새삼스럽게. 김 변도 알고 있잖아?"

"몰라서 그래요. 그러니 말해줘요."

"나 참."

민규가 우진의 차 앞에서 멈춰 선다. 지난달에 BMW 새로운 모델로 바꾼 정우진의 차는 엠블럼 비닐도 채 벗기지 않은 상태다. 우진이 대충 알아듣겠다는 듯 고개를 끄덕인 뒤 민규에게 말한다.

"어떤 측면에서 보면 민현태 소장은 효도를 한 거야. 민경식 회장이 여자 밝히는 거, 일반인의 상상을 초월하는 도색증 환자란 사실이, 그 인간이 알츠하이머에 걸렸다 해서 고쳐지는 건 아니겠지. 오히려 더 악랄해지는 거 아니겠어."

"그게 그 아들까지 죽여야 하는 이유가 되는 건 아니잖아요."

"그 반대지."

"……?"

"둘 모두 씨를 말려야지. 민 소장 입장에서는 그게 깔끔하잖아."

"……."

서둘러 마무리하듯 말을 마친 우진이 민규의 어깨를 두어 번 다독인 뒤 차에 올라탄다. 다음의 인사말도 놓치지 않고.

"약으로 해결이 안 되면 여자를 써. 원하면 청결한 애들로 조달해줄 수 있어. 말만 하라고."

27

"정말 민 소장이 그렇게 말해요?"

윤이 의아한 표정을 감추지 않는다. 전자담배로 바꾼 탓인지 윤의 입에선 익숙한 담배 냄새 대신 하얗고 가느다란 연기만 새어 나온다.

재명이 윤을 다시 만난 곳은 강남 강력계 사무실에서 5분 거리에 위치한 횟집 안이다. 내실 중에도 기역 자 복도로 꺾인 마지막 방에 위치한 둘의 식사 장소는 밀담을 나누기에 더없이 적당한 곳이다. 막다른 곳 역시 벽으로 마감되지 않고 지하 비상계단으로 이어지는 통로이기에 여차하면 도망칠 수 있는 퇴로도 마련된 곳. 그곳에 윤을 부른 재명은 그의 질문에 답하는 대신 두툼한 봉투 하나를 건넨다. 윤이 봉투 안 내용물을 보며 놀란 표정을 짓는다. 재명이 묻는다.

"말한 게 아니라 실제 행동으로 옮겼어."

"거래 조건은 뭔가요? CCTV 동영상 하나 맞바꾸자고 이러는 건 아닐 테고."

"아니야. 그거 딱 하나야. 그 외에 다른 거 없어."

재명이 럭키스트라이크를 입에 물고 불을 붙인다. 와사비 그릇을 재떨이 삼아 그 위로 잿빛의 재가 떨어진다.

"현금거래가 피차 편할 것 같아서 직접 갖고 왔다."

윤이 자신에게 배당된 액수를 확인하기 시작한다. 5만 원권 지폐 다발 묶음을 풀고 한 장씩 세는 모습이 제법 사무적으로 재명의 눈에 들어온다.

"야, 야. 그런 건 집에 가서 확인해라. 추하다."

"형사님."

"왜?"

"동영상에 대체 뭐가 담겼기에 민경식 회장 맏아들이 15억이나 불태워요?"

15억. 윤의 입에서 15억이라는 엄청난 액수가 나올 때, 재명의 얼굴에는 스스로 절제할 수 없는 미소가 스며든다. 이제야 안도의 숨을 쉴 수 있을 정도가 되었을까. 재명은 그동안 자신이 뭘 보고 살았는지 기억나지 않는다. 강남 하우스에서 단판 승부로 무리하게 베팅했던 결과로 3억에 상당하는 비참한 채무이행 각서를 쓴 이후로, 지금까지 오직 한 곳만 보고 숨을 쉬어온 듯한 느낌뿐이다. 미치광이처럼 한 곳만 바라보고 한 곳을 향해 숨을 쉬는 게 할 수 있는 일의 전부였던 자신에게 찾아온 부활의 기회라고밖에 그는 믿지 않을 수 없다.

윤은 믿기지 않는다는 듯 거듭 재명에게 이 기막힌 상황에 대해 복기하듯 묻는다.

"그러니까…… 형사님이 그저께 민 회장 소유의 스크린골프장에 찾아갔을 때, 민 회장이 살해당했다고 했잖아요?"

"그렇지. 그리고 그다음 날, 회장 아들 민현태 의원이 직접 나한테 전화했어."

"그래서 동영상을 넘겨줄 것을 요구했다고요?"

"총액은 30억이야. 상호 신뢰를 위해 15억 원을 선입금했고, 나머지 15억은 유출 방지 및 동영상 교환, 자기 아버지 죽음에 대한 사고 처리 비용으로 지급할 예정이라고 했어."

"15억이 미리 입금되었다고요?"

"차명으로 입금하긴 했어도 그렇게 했다는 건 자신도 구린 구석이 있다는 걸 빠르게 인정하고 들어온 걸로 봐야지."

재명에게 민현태가 처음 전화를 걸어올 때만 해도 혼란의 극점을 찍는 분위기였다. 아들이 죽은 아버지에 대해 어떤 말을 할지 생각만 해도 심장이 터질 것 같았다. 하지만 민 회장의 맏아들 민현태는 재명에게 건조할 정도로 담백하게 단 하나만 요구했다. 동영상 거래와 아버지 살해 사건의 처리가 그랬다.

"그럼…… 민 소장 역시 로펌 설계자들의 정체도 알고 있겠네요."

"당연한 거겠지. 민 의원, 그 작자도 멤버십일 수밖에 없음을 반증한 거야."

"동영상은 어떤 방식으로 넘기기로 했어요?"

"직접 만나기로 했어. 잔금을 현금으로 받기로 했거든."

도합 30억이다. 재명은 30억이 어느 정도의 돈인지 계속해서 현실의 감각으로 헤아려본다. 하우스에서 진 도박 빚 따위는 단번에 해결하고도 여유가 넘치는 액수다. 잘만 하면 가정폭력 문제로 이혼한 아내와의 재결합도 기대해볼 수 있다. 강남에선 뭐든 해결되지 않는 문제가 없듯이, 일반인이 체감할 수 있을 정도의 돈을 제시한다면 그 역시 해결되지 않을 문제가 없으리란 게 재명의 신념이다. 그 신념은 근거 없는 몽상과는 다르다. 십몇 년 동안 겪어온 경찰 생활을 통해 재명은 밑바닥 인생과 최상층 인생 사이를 오가면서 진정한 비루함이 무엇인지 뼈저리게 목격해왔다. 미성년 성폭행으로 현장에서 검거되어도 돈이 있다면, 전관 출신의 로펌이 붙으면 예우 차원에서 집행유예로 풀려날 수 있는 게 강남의 법칙이기도 하다. 이러한 강남의 밑바닥을 목도해온 재명에게, 돈으로 연결되는 거래에는 결코 배신이 없다는 법칙이 삶의 신념이 된 것은 자연현상과도 같은 것이다. 그와 같은 체질을 익숙하게 흡수해온 재명에게 이미 자신의 통장으로 입금된 15억의 위력은 그 어떤 의심, 불안도 말소해버릴 정도로 대단한 것이다. 윤이 묻는다.

"그런데 직접 만나는 거…… 리스크가 좀 큰 것 같은데."

"복사본을 우려하는 거니까 안심시켜줄 필요가 있겠지. 걱정할 거 없어. 이미 15억이 넘어왔어."

"하긴…… 그렇긴 하죠. 그럼 이거 어떻게 정리해야 되나."

"머리 굴릴 게 뭐 있어. 남은 건 그 변호사와 공조해서 민 회장

죽음만 디자인하면 되는 거야."

"그런데 형사님. 궁금하지 않아요?"

"뭐가?"

"민 회장이 아무리 엽기 취미를 가진 인간이라 해도 섹스 파티에 참여한 이들을 향해 칼춤을 췄다는 것도 이해가 안 되고……."

재명의 입에서 길고 깊은 담배 연기가 새어 나온다. 윤은 마주 앉은 둘 사이에 놓인 커다란 도미의 눈을 뽑아내려고 애쓴다. 윤과 재명, 둘 모두 커다란 몸통에서 비교적 분명하게 분리되어 나오는 도미의 눈알을 바라본다. 머리에서 분리된 도미의 눈알이 순식간에 윤의 입안으로 들어간다. 윤이 눈알을 무심하게 씹어대며 말을 잇는다.

"민 회장은 또 누가 죽인 거죠? 몸에 입은 칼빵만 최소 수십 개가 넘는다면서요? 자상이라고 하나."

"이 새끼, 정보원 짓 하더니 형사 다 됐네. 자상이니 뭐니 운운하고."

"안 궁금하세요?"

윤이 정색하고 묻는다. 하지만 재명은 윤의 시선을 피한다. 고개를 반쯤 숙이고는 자신의 자리에 놓인 맥주잔에 한가득 부어놓은 청주를 단숨에 마신다.

"나한테 궁금한 건 이제 딱 하나야. 내 통장에 30억이 꽉 채워질 수 있는지 없는지."

28

윤과 저녁을 먹은 날 새벽, 재명의 SUV는 카르멘 호텔 입구 위 인도에 주차되어 있다. 집단 살인사건이 발발했던 카르멘 호텔은 한 달이 지난 현재 준공검사를 마무리하고 개장을 하루 앞 둔 상태로 이미 제법 많은 중국, 일본 관광객으로 예약되어 있다.

펜트하우스로 대표되는 35층으로 올라오는 승강기는 외부를 바라볼 수 있는 개방형으로 되어 있다. 투명 강화유리로 마감된 승강기 외벽에 기댄 재명은 약속 장소를 이곳으로 잡은 민현태 소장의 심리를 어떻게 받아들여야 할지 생각하는 통에 머리가 조금 아프다. 재명은 저녁 식사 후, 강남역에 위치한 사우나를 다녀온 뒤 차를 10여 분 정도 몰고 카르멘 호텔 펜트하우스로 향 하는 동안 갖고 있는 타이레놀을 잡히는 대로 입안에 털어 넣는 다. 하지만 조금씩 빠르게 확산되는 벌레들처럼 두통은 조금도 가라앉지 않는다.

'어려울 거 없어. 그냥 심플하게, 이전처럼 대응하면 되는 거야. 내 계좌에는 이미 현금 15억이 입금돼 있어.'

재명은 거의 언제나 마이너스를 기록하던 자신의 통장 잔액이 15억을 기록한 상황을 기억하고 기뻐하려 애쓴다. 돈이 걸린 관계는 그 욕망의 농도 역시 감당하기 어려울 만큼 짙지만 그만큼 벗어날 수 없는 결속력의 구렁을 더 깊게 열어놓기도 한다.

35층에 다다를 즈음, 재명은 윤에게 전화를 걸어본다. 하지만 신호만 갈 뿐, 전화를 받지 않는다. 그때, 펜트하우스의 문이 열리고 내부가 모습을 드러낸다. 윤은 끝까지 전화를 받지 않다가 결국 다음과 같은 상투적인 멘트를 남긴다.

"지금은 전화를 받을 수 없습니다. 다음에 다시 걸어주세요."

29

민규는 지하 3층 주차장에 자신의 자동차 아우디A8을 승강기 바로 앞에 주차시켜놓은 뒤 차에서 내린다. 승강기에 올라탄 민규가 회원카드를 바코드 접촉대에 터치하자 마흔 개 가까운 층수를 알리는 버튼에서 붉은빛이 일제히 점등된다.

곧바로 35층 버튼을 누른 민규는 승강기 공간 중 좌측 모서리에 슬며시 등을 기대고 선다. 오래된 습관처럼 민규는 CCTV가 설치된 좌측 모서리에 반듯이 허리와 머리를 펴고 서곤 했다. 대각선 방향으로 비추는 CCTV 렌즈의 특징상 바로 밑 위치는 촬영하지 못하기 때문이다.

-2, -1 그리고 1, 2 그리고 3. 3이란 숫자에서 갑자기 승강기가 멈춰 선다. 민규는 잠시 감았던 눈을 다시 뜬다. 35층. 펜트하우스 버튼을 누르면 중간에서 멈춰 서는 경우가 없는 걸로 이해했던 민규다. 더욱이 이곳 카르멘 호텔은 오픈 전이다. 그럼에도

문은 결국 3층에서 열렸고, 누군가 승강기 안으로 들어선다. 민규와 눈을 마주친 누군가는 젊은 남자다. 오래되어 챙이 해진 모자를 눌러쓰고 검은색 후드티에 검은색 가죽점퍼 차림이다. 민규는 반사적으로 시선을 아래로 향한다. 남자가 신은 하얀색 운동화가 눈에 뜨인다. 브랜드를 알 수 없는, 하얀색 운동화 역시 남자가 쓰고 있는 모자처럼 곳곳에 실밥이 터져 있고, 닳고 닳아 낡고 허름해진 남루함을 뒤집어쓰고 있다.

남자는 승강기 버튼에 손을 대지 않는다. 자신과 같은 35층으로 가려는 걸까. 민규는 남자를 알고 있다. '검은 개들의 왕'으로 불리는, 강남의 쾌락과 배설의 밑바닥을 먹을거리 삼아 부유하는 텐클럽 여자들을 관리하는 포주, 국적도 나이도 알 수 없는, 이름의 진위 여부도 불분명한, 엄철우였다.

엄철우와 민규가 자연스럽게 나란히 서 있는 상태로 승강기는 올라가기 시작한다. 그런데, 20층을 넘어서는 순간, 갑자기 엄철우가 21층 버튼을 누른다. 승강기는 21층에서 바로 멈춰 선다. 그리고 문이 열리는 순간, 엄철우는 민규를 쳐다보지도 않은 채 짧게 말한다.

"여기서 내려 20분만 기다리세요."

엄철우의 말을 들은 민규도 망설이지 않고 바로 되묻는다.

"지키고 싶은 게 뭐죠?"

민규의 질문에 순간적으로 엄철우가 고개를 돌려 민규를 바라본다. 민규가 처음으로 엄철우의 눈빛과 마주한다. 아직은 세상의 규칙과는 거리가 먼 무구의 삶을 살아가기에 어울려 보이는 소년의 눈빛이다.

"이렇게 해서 얻는 게 뭐냐고요?"

엄철우는 민규의 질문을 이해하려 하지 않는다. 생각하려고도 하지 않는다. 민규도 엄철우에게서 어떤 답도, 어떤 윤리도, 어떤 규칙도 이끌어낼 수 없음을 확인하는 순간이다. 엄철우의 굳게 다문 입술, 자신에게 방해가 되는 그 어떤 장애물이라도 무슨 수를 쓰든, 어떻게 하든 치워버리고 말겠다는 집념으로만 이글거리는 눈빛 앞에서 민규는 더 할 말을 잇지 못한다.

잠시 후, 엄철우가 다시 말한다. 같은 말의 반복인데, 두 번째 반복하는 목소리의 분위기가 심상치 않다.

"20분만 기다렸다 올라오세요."

낮게 가라앉은 목소리, 좀 더 창백해진 서늘한 입술, 엄철우는 더 이상 민규와 눈을 마주하지 않는다. 결국 21층에서 내리는 일 외에 민규가 할 수 있는 일은 없다.

30

펜트하우스는 규모를 가늠하기 어려울 정도로 넓고 천장 역시 높고 웅장하다. CCTV 화면에서 봤던 상들리에는 모두 제거되었고, 컨벤션센터 홀처럼 제법 요란하게 장식되어 있던 유리 테이블도 치워져 있다. 넓은 펜트하우스는 금방 이삿짐을 치운 것처럼 텅 비었다는 표현이 어울릴 정도로 황량하다. 중앙에 놓인 직사각형으로 된 검은색 대형 테이블 위에 화병 몇 개와 고급스러운 문양이 박힌 접시 위에 놓인 작은 크기의 스테이크 몇 점과 샐러드 몇 조각 그리고 샤토브리앙 레드와인이 재명의 눈에 들어온 펜트하우스 내부 인테리어의 전부다. 투명 대리석으로 마감된 바닥은 천장에서 직하하는 높은 조도의 주광색 불빛을 받아 걸음을 옮길 때마다 아찔한 착시효과를 일으킨다.

약속 장소인 펜트하우스에 민현태는 보이지 않는다. 거대한 펜트하우스에서 재명의 눈에 다시 들어온 건 민현태가 아닌 검

은색 큐빅 형태로 된 대형 테이블에 머리를 박고 엎드린 한 남
자뿐이다. 남자는 이미 머리와 목이 검붉은 피로 범벅이 되어 있
다. 남자의 것으로 보이는 휴대폰 액정은 계속해서 규칙적으로
깜빡거리고, 그 옆에는 현금 다발이 두툼히 담겼던 것으로 보이
는 봉투가 찢긴 채로 어질러져 있다.

　재명은 그가 몇 시간 전에 자신과 함께 횟집에서 식사하던 윤
이라고 믿고 싶지 않다. 하지만 믿고 싶든 믿고 싶지 않든 지금
이 펜트하우스에 살아 있는 건 자기 혼자뿐이라는 생각만큼은
지워지지 않는다. 그렇게 혼자 서 있다는 것을 자각한 순간 재명
의 두통은 절정에 이른다. 날카로운 수백 개의 바늘이 동시에 머
리 전체를 찌르는 듯한 고통이 그의 몸을 자신도 통제할 수 없는
전율의 도가니 속으로 몰아넣는다.

　재명은 본능적으로 걸음을 멈추고 뒤돌아선다. 비상구가 있
는 곳을 살핀다. 하지만 검은색 투명 대리석으로 마감된 사면 벽
체 어디에서도 비상구는 보이지 않는다. 그러자 재명은 유일한
탈출구인 펜트하우스 전용 승강기로 눈을 돌린다. 언제 내려간
걸까. 승강기 디지털 표식에서 숫자는 28을 향하고 있다. 그리고
곧 빠른 속도로 32, 33, 34로 상승하더니 정확히 'P'에서 멈추고
바로 문이 열린다.

*

　승강기 문이 열리고 한 남자가 서 있는 모습이 눈에 들어온 순

간, 재명은 허리춤에 꽂아두었던 자신의 매그넘44를 단숨에 뽑아 든다. 만일의 경우를 대비해 공포탄 빼고 실탄으로 여섯 발을 꽉 채워 넣은 매그넘44의 총구를 남자의 머리를 향해 겨눈다. 하지만 재명은 이내 절망한다. 검은 후드티에 검은 가죽점퍼를 입고 장승처럼 서 있는 남자, '검은 개들의 왕'인 엄철우는 재명의 마지막 방어막이라 할 수 있는 매그넘44를 전혀 두려워하지 않기 때문이다. 며칠 전 모텔 골목에서 그랬던 것처럼.

31

실탄 여섯 발이 허망하게 사라진다. 처음에는 승강기 벽면에 한 발, 그다음에는 커튼 월로 처리된 창가를 향해 두 발, 나머지 세 발은 천장, 벽체 그리고 바닥이다. 방아쇠를 당길 때마다 재명의 손은 심하게 떨린다. 시커먼 석유를 뒤집어쓴 듯한 엄철우가 결코 빠르거나 민첩하게 다가오는 것은 아니다. 엄철우는 대형마트나 문구점 어디에서나 쉽게 볼 수 있을 것 같은 소지품 같은 칼을 오른손에 쥐고 빠르지도 느리지도 않은 평소의 보폭으로 조재명을 향해 다가온다. 재명은 뒷걸음질 치며 엄철우를 향해 방아쇠를 당긴다. 하지만 여섯 발의 총성 중 엄철우의 섬뜩한 다가옴을 저지한 건 단 한 발이다. 매그넘44의 방아쇠를 다섯 번째 당길 때, 이미 엄철우는 재명의 코앞까지 파고든 상태였다. 강철을 두른 듯한 시커먼 악마가 자신의 시야를 압도한 순간, 재명은 자신도 모르게 비명을 지르고 되는대로 마지막 한 발의 방아쇠를 당긴다. 총구는 대리석 바닥을 향하고, 순간 엄철우의 몸은 무릎을 꿇을 정도로 크게 휘청거리며 재명의 눈앞에서 미끄러지듯 가라앉는다.

이후, 재명은 필사적으로 엄철우의 목을 감싸 쥔다. 그의 숨통을 끊을 수만 있다면, 그게 최상이란 목표 의식에 사로잡혀 그의 목을 필사적으로 조인다. 하지만 엄철우는 아예 숨을 참으며, 힘을 모은다. 상황은 순식간에 역전된다. 엄철우가 재명의 손가락들을 잡아 순식간에 비틀어 꺾자 그가 끔찍한 비명을 지르며 억세게 목을 쥔 손에서 힘을 푼다. 타의에 의해 완력이 약해진 틈새를 뚫고 엄철우는 바로 빠져나온다. 그 순간, 재명은 자신의 눈앞에서 솟구친 짐승의 눈빛에서 무정하지만 숨 막히는 욕정을 느낀다. 그 욕정은 죽음의 욕정임에 틀림없다. 욕정, 욕망의 끝이 죽음이란 명제가 유효하다면 말이다.

엄철우는 죽음으로부터 분리된 감정, 감각을 느낄 수 없는 검은 눈동자를 번들거리며 입술을 한 번 깨문다. 그러곤 재명의 오른쪽 손목을 움켜쥐고 그의 재킷을 힘껏 걷어 올린다. 그 직후, 검붉은 핏방울이 재명의 손목 부근에서 분수처럼 사방으로 튀어 오른다.

"뭐 하는 거야!"

한 번, 두 번, 세 번. 엄철우의 칼질이 재명의 오른 손목 같은 자리, 같은 부위에 깊고 예리하게 파고든다. 동맥이 끊어짐과 동시에 핏줄기가 활력적으로 위아래 가리지 않고 튀어 오른다. 재명은 이 황망한 순간이 벌어지는 내내 엄철우의 검은 눈동자에 시선을 고정하고 있다. 초점을 알 수 없는 엄철우의 검은 눈동자 속에 보이는 겁에 질린 자신의 얼굴이 왠지 모를 비통함을 안겨준다. 재명이 엄철우를 향해 가라앉은 목소리로 말한다.

"야……."

"……."

"그만하고 나 좀 봐라, 이 개새끼야."

재명의 낮은 목소리가 레퀴엠의 한 소절처럼 흐느끼듯 들려오자 엄철우는 하던 동작을 멈춘다. 그리고 재명을 바라본다. 그제야 재명은 깊이 눌러쓴 모자챙 그늘에 의해 잘 보이지 않던 엄철우의 눈을 비교적 또렷이 볼 수 있다. 엄철우의 눈빛은 아직은 겁에 질린 표정이 썩 잘 어울리는 수줍기까지 한 소년의 그것이다. 실제로 재명이 느낄 때는 분명 그랬다. 잔뜩 겁에 질린, 그래서 단 한 발도 앞으로 나아설 수 없는 극한의 두려움에 사로잡힌 눈빛. 그사이 이미 투명 대리석 바닥은 검붉은 피로 범벅이 된다. 재명은 자신이 쏟아낸, 앞으로도 지금 흘린 것보다 두 배는 더 쏟아낼 피를 바라보며 쓴웃음을 짓는다. 그와 함께 자조 섞인 한마디 독백도 포개어진다.

"이렇게 하면 자살로 위장하기 힘들어."

재명의 말을 들은 엄철우가 잠시 생각하는 표정을 짓는다. 하지만 겁에 질린 소년의 눈빛과 망설임은 딱 거기까지가 전부다. 손목에서 쏟아내는 피를 감당할 수 없어 하는 재명을 향해 엄철우는 두어 번 더 그의 손목을 대신 그어준다. 묵묵하고 성실하게.

32

잠시 감았던 눈을 뜨자, 재명에게 보이는 사물과 공간은 놀랄 정도로 가파르게 희미해져간다. 하지만 재명이 자신 앞에 서 있는 남자가 누군지 비교적 정확하게 알아보는 것은 그리 어려운 일이 아니다. 슬림한 부피의 서류 가방에 맥북과 서류 파일 두어 개를 손에 쥐고 있는 슈트 차림의 김민규 변호사다.

민규는 재명의 희미하게 감기는 시선을 지속적으로 바라보며, 그의 쓰러진 몸과 주변의 사물들을 휴대폰으로 찍고 있다. 재명은 자신이 죽음의 수렁 속으로 명백히 빠져든다는 실감을 지우기 어렵다. 죽음은 한시적이다. 자신의 살아 있는 순간들이 빠르게 접혀가는 실감이 현실로 엄습하자 그는 조급한 마음이 든다. 또한 내내 차오르는 비애의 감정을 뿌리치기 어렵다. 살아 있는 마지막 순간에 보는 사람이 변호사라는 사실을 어떻게 이해해야 할지도 감이 잡히지 않는다. 재명이 다급할 만큼 빠르게 묻는다. 민규는 사진 찍기를 멈추고 벽에 등을 기대고 힘없이 앉아 있는 재명의 옆에 나란히 앉는다.

"당신은 봤소?"

"뭘 말하는 거죠?"

"나한테 넘겨준 30억짜리 동영상……."

30억이란 말이 재명의 입에서 새어 나오는 순간 민규가 잠시 침묵한다. 하지만 그 시간은 오래가지 않는다. 민규의 판단에도 재명이 숨을 쉬고 말할 수 있는 시간이 얼마 남지 않아 보이기 때문이다. 민규가 빠르게 침묵을 깨고 말을 잇는다.

"여기 오지 않아도 되지 않았나요?"

"무슨 뜻이야……?"

"민현태 소장이 나에게 말하더군. 당신은 올 수밖에 없을 거라고. 하지만 난 낭만적인 기대를 하고 있었소."

"어떤 기대를…… 말하는 거요?"

"도박 빚을 갚고도 10억 이상의 돈을 챙긴 당신이 여기에 올 필요가 없을 거란 기대 말이오."

민규의 말을 듣고 있던 재명이 희미한 웃음을 흘리며 고개를 끄덕인다.

"실망시켜 미안하네."

"……."

"이봐요, 변호사."

"말해요."

"담배 있소?"

짧은 질문을 끝낸 재명이 가만히 눈을 감는다. 입술이 슬며시 벌어지고 그나마 버티기 위해 가슴팍 위치까지 들어 올리던 오른팔마저 바닥으로 떨어진다. 민규가 럭키스트라이크를 꺼내 불을 붙인 뒤 재명의 입에 물려준다. 둘이 함께 피우는 마지막 담배다.

"이렇게 죽는 거 억울하지 않아요?"

민규의 질문에 재명이 바로 답한다. 그 말이 그의 마지막 말, 유언처럼 남는다.

"그래도 어쩔 수 없지. 여긴…… 강남이니까."

33

결국 또다시 카르멘 호텔이다.

경찰과 언론은 대대적으로 강남의 재력가와 부패한 비위 경찰의 추악한 공조를 다루기 시작한다. 개장한 카르멘 호텔 최상층에 위치한 펜트하우스에서 벌어진 비극은 장엄하기까지 하다. 조재명이 마지막으로 보았을 때의 미니멀한 건조함은 순식간에 사라지고 대신 그 자리를 채운 건 극단적인 화려함과 세련됨으로 무장한 인테리어다. 투명한 대리석 바닥과 기괴한 문양의 설치미술작품들이 놓인 홀 한복판에 민경식은 피투성이가 된 채 죽어 있고, 조재명은 그로부터 조금 떨어진 100호 크기의 평면회화가 전시된 벽면에 등을 기대고 주저앉은 채 죽어 있다. 마지막으로 조재명의 정보원으로 알려진 윤은 검은 큐빅 테이블에 머리를 박은 채 죽어 있다. 이 세 구의 시신을 통해 해설 가능한 이야기는 충분히 엽기적이지만 그렇다고 비현실적인 것은 아니다.

민현태는 아버지의 죽음 앞에서 눈물을 보이며, 검경의 성역 없는 수사를 촉구하는 기자회견을 가졌다. 언론은 강남의 숨은 부동산 재력가 민경식의 죽음을 두고 '천민자본주의의 몰락'이란 제목 등을 내세워 대상 없는 적을 향해 한풀이하듯 배금주의를 비판했다.

*

로펌 Y가 이번 사건을 디자인한 대가로 받게 되는 비용은 모두 235억 7천만 원이다. 수임료 지급의 실체에 대해서는 여전히 비밀이지만 우진은 민규에게 이 정도는 말해줄 수 있다고 생각했는지 자신 있게 그 실체에 대한 자신의 추정을 못 박듯 말한다.

"민현태를 중심으로 사건 무마를 위한 컨소시엄이 구성된 것 같아. 그런 걸 보면 멤버십의 몸통도 아마 민현태 아니겠어? 하지만 중요한 건 그게 아니지."

"그게 중요한 게 아니면…… 중요한 게 뭐죠?"

"실체가 있는 건 돈뿐이야. 우리는 업무를 처리한 만큼 비용을 지급받아왔지. 그리고 앞으로도 그렇게 남은 잔금을 지급받아야 하고. 그게 리얼리티야. 안 그래?"

민규는 동의를 구하는 우진의 질문에 답하지 않는다. 우진이 민규를 보며 아무리 봐도 형식 이상의 느낌은 전달되지 않는 말을 계속한다.

"아무튼 이번에 자네 실력은 충분히 인정받은 셈이네. 그런데……."

"뭐죠?"

"아직 잔금은 입금 전이지? 처리할 일이 하나 더 남아서 그런 모양인데……."

민규가 조심스럽게 고개를 끄덕인다. 우진이 민규의 눈치를 살피며 말을 잇는다.

"의뢰인 측은 일을 될 수 있는 대로 깔끔하게 처리했음 하는 눈친데……. 내가 말했지. 지금까지 그랬듯이 김 변이 남은 상황도 깔끔하게 처리할 거라고 말이야."

"고맙네요."

"잔금 챙기려면 마지막도 깔끔하게 정리해주길 바라."

"……."

침묵으로 자신을 바라보는 민규를 향해 우진이 확인하듯 말한다.

"동영상 말이야. 엄철우가 가져간 걸로 알고 있어. 회수해."

"그 친구가 돈을 요구할 겁니다."

"요구하는 만큼 지급하고 처리하라는 게 의뢰인 요구 사항이야."

"그게 요구 사항이라고요?"

"그러니…… 그대로 해."

잠시 민규가 로펌 Y의 대회의실을 바라본다. 자신과 우진 둘만 있는 게 아니다. 김 대표가 대회의실 정중앙에 자리를 잡고 앉아 심드렁한 표정으로 민규를 바라본다. 김 대표의 표정과 눈빛은 그 혼자만의 특징이 아니다. 열 명이 넘는 다른 변호사도 일제히 민규를 알 수 없는 무표정과 영혼을 멈춰 세운 듯한 무정한 눈빛으로 바라본다. 덤덤하게 있다가 갑자기 상대를 할퀼 것 같은 전의를 품은 눈빛을 가진 변호사들, 일한 만큼의 대가를 지급받는 강남 구성원들을 바라본 민규는 우진을 비롯해 모여 있는 그들, 전체에게 묻는다.

"이해할 수 없는 게 있어요."

"뭔데?"

"그 친구들은 왜 설계해야 하죠?"

민규의 질문, 그 속에 담긴 의도를 잠시 궁리하던 우진이 가볍게 답한다. 답의 무게는 한없이 가벼웠지만 그 집요한 깊이가 민규의 정신을 내내 무겁게 짓누른다. 어떤 두통약도 듣지 않을 기세다.

"꺼림칙하니까."

"……."

"몰라서 질문한 거 아니지?"

34

강남역 10번 출구로 나오면 5층 건물 두 채가 바로 보인다. 그 건물과 건물 사이를 지나면 바로 일이 층을 차지한 스타벅스가 나온다. 평일 오후의 시간대이지만 강남역 10번 출구 앞 스타벅스는 빈자리를 찾을 수 없을 만큼 사람들로 가득하다. 쇼핑이나 클럽 출입을 위해 늦은 오후부터 강남을 찾은 이십대 초반의 여성들, 외국어 공부가 인생의 전부인 것처럼 보이는 어학원 수강생들, 취업 준비생과 연예인 지망생들까지. 십대 후반부터 삼십대 중후반까지, 20년 가까이 되는 세대 차이에도 불구하고 수많은 남녀가 책을 보거나 음악을 듣거나 삼삼오오 모여 수다를 떨거나 금방이라도 잡아먹을 것처럼 달아올라 스킨십을 한다. 평일 오후의 스타벅스는 그렇다.

2층 화장실 입구 바로 옆, 세 사람이 간신히 앉을 수 있는 자리에 민규가 앉아 있고 맞은편에 정혜주가 앉아 있다. 정혜주는

178

민규에게 CCTV 동영상이 담긴 USB를 넘겨주며 엄철우의 말을 대신 전달한다.

"오빠가 찾은 거 돌려준다고 말했어요."

"다른 요구 사항은 없었어요?"

정혜주가 고개를 돌린다. 그러면서 휴대폰으로 시간을 확인한다.

"없어요."

민규가 약간 의아한 반응을 보인다.

"이전 사람은 이 자료로 30억을 요구했어요. 그런데, 당신 관리자는 정말 필요 없다고 말해요?"

정혜주가 바로 답한다.

"내가 전해 들은 건 딱 한 마디였어요. 돌려주라고. 그게 전부예요."

그렇게 답한 정혜주가 다시 휴대폰 액정을 열어 본다. 액정의 불이 한차례 깜빡인다. 그 순간, 정혜주의 시선이 창가로 향한다. 민규도 정혜주를 따라 강남역 10번 출구 뒷길로 시선을 옮긴다. 스타벅스 건물 1층 앞에 시동이 걸려 있는 검은색 BMW가 보인다. 좀 더 자세히 들여다보면 반쯤 열린 운전석 차창 너머로 검은색 NYPD 모자를 눌러쓴 그가 목격될 것이다.

정혜주가 자리에서 일어설 준비를 한다.

"일해야 돼요."

"일찍 시작하네요."

"오늘은 예약이 많아서요."

정혜주가 자리에서 일어서려 할 때, 민규가 그녀의 손목을 가볍게 붙잡는다. 분명 예상 밖의 행동이지만 그녀의 손목을 잡았을 때, 그가 느낀 것은 따뜻함이다. 경계심 가득한 시선으로 자신을 노려보는 정혜주의 차가운 눈빛과는 전혀 다른.

정혜주를 잠깐 멈춰 세운 민규가 서류 가방에서 투명 파일 하나를 꺼내 보인다. 파일을 보면서도 그녀는 아무런 반응을 보이지 않는다. 그 안의 내용물을 꺼내 볼 의지를 갖지 않는 것이다. 민규가 파일에서 두 개의 여권과 여권 안에 꽂혀 있는 항공권을 보여준다. 정혜주의 표정과 시선에는 변함이 없다. 무표정이다. 민규는 곧 그녀에게 간단한 설명이 필요함을 깨닫는다.

"의뢰인이 나한테 요구한 게 있어요."

"잠깐만요."

민규의 설명을 듣던 정혜주가 갑자기 그의 말을 가로막는다. 가방에서 휴대폰을 꺼내 전화를 건다. 단축번호 7번. 신호는 이전처럼 오래 지속되지 않는다. 7번으로 기록된 정혜주의 관리자 엄철우는 신호 두 번 만에 전화를 받는다. 정혜주가 휴대폰을 테이블 위에 올려놓으며 민규에게 말한다.

"이제 말해요."

서로를 마주 보고 앉은 테이블 위에 놓인 정혜주의 휴대폰 액정이 마치 녹음 중인 녹음기 불빛처럼 깜빡거린다. 민규가 설명을 이어간다. 더 자세하지도 더 불친절하지도 않게.

"의뢰인은 당신 관리자와 당신이 그동안 강남에서 자신들을 위해 일해준 점에 대해 고맙다고 전해달라 했어요."

"그리고요?"

"아울러 의뢰인은 이젠 자신들을 위해 강남을 떠나라는 말을 전해달라고 하네요. 항공권과 여권 그리고 이 차명계좌는…….'

민규가 파일에 있는 복사용지 한 장을 꺼내 정혜주에게 보여준다. 계좌 정보가 담긴 URL인데, 단 하나의 입금 내역만이 거래 내용의 전부다. 조재명에게 주기로 했던 나머지 액수가 입금된 상태였다.

"퇴직금으로 생각하라는 말, 전해달랬어요."

가만히 듣고 있던 정혜주의 표정을 민규가 하나도 놓치지 않고 담으려 애쓴다. 그녀의 얼굴은 진한 메이크업에 가려져 속내를 알기는 힘들지만 점점 굳어지고 있다는 게 느껴진다.

정혜주가 잠시 후 휴대폰을 집어 민규에게 건넨다. 별다른 말은 없다. 스타벅스 2층 매장은 시간이 갈수록 혼란스러워진다. 여자들의 웃음소리, 남자들의 고함 소리, 노트북 자판 두들기는 소리, 기타 수많은 소음들이 파편처럼 곳곳에서 터져 나온다. 민규가 전화를 받는 순간, 낮고 여린 목소리의 주인공이 민규에게 질문을 던진다. 민규에겐 처음부터 준비된 질문처럼 들린다.

"그렇게 하지 않으면…….'

"……."

"떠나지 않으면 어떻게 한다고 해요?"

"……."

"당신의 그 의뢰인 말이야. 빨리 답해."

"관행대로 처리하겠다고 했어요."

181

'관행'이란 단어가 민규의 입에서 나오자 상대는 잠시 침묵 속에 빠져든다. 그사이 민규는 자신을 바라보던 정혜주를 향해 낮지만 분명한 뜻을 담아 또박또박 한 마디씩 건넨다.

"지금 떠나야 할 거예요. 가져가요."

"우리가 왜요?"

"미안하지만 의뢰인이 설계한 설계도에서 당신들은 생존자가 아니니까."

"……"

정혜주의 굳은 표정이 민규의 눈에 예민하게 파고든다. 그사이 민규가 그녀에게 폰을 건네준다. 전화를 전해 받은 정혜주가 통화 속 상대의 말을 듣는다. 민규는 창가로 시선을 돌린다. 1층 스타벅스 뒷길에 주차된 BMW는 여전히 시동이 걸려 있는 채로 그 자리에 있다.

통화를 끝낸 정혜주가 자리에서 일어선다. 돌아서는 순간에도 그녀는 민규가 테이블 위에 놓아둔 여권과 항공권, 인터넷 차명계좌 URL이 적힌 파일을 챙기지 않는다. 그 모습을 보던 민규가 정혜주를 다시 한번, 마지막으로 딱 한 번 불러 세운다.

"잠깐만요."

"예?"

정혜주가 민규를 내려다본다. 긴 생머리에 진한 메이크업, 길고 날카로운 속눈썹에 붉디붉은 입술, 니트 스타일의 타이트한 원피스에 자줏빛 하이힐을 신은 정혜주의 모습을 민규는 뜻 모를 서글픔으로 바라본다. 그리고 그의 마음에 앞으로도 오랫동안 해소되지 못할 서러움에 대해 묻는다.

"왜 떠나지 않죠?"

힘겹게 던진 민규의 질문에 정혜주가 너무나 편하고 빠르게 되묻는다.

"아저씨는 왜 떠나지 않는데요?"

＊

그녀가 떠나고 난 뒤 민규는 꽤 오랫동안 그곳에 앉아 있는다.

혼자 세 명의 자리를 차지하고 앉은 통에 강남역 스타벅스를 찾은 다른 많은 이들의 눈총이 이어진다. 그래도 민규는 자리를 비울 생각을 않는다. 작고 아담한 원목 테이블 위에는 한 개의 USB와 업무 중 사용하는 녹음 전용 휴대폰, 두 개의 위조 여권과 항공권, 조재명에게 약속한 잔금 15억이 입금되어 있는 차명 계좌 서류 파일 등이 어질러져 있다. 테이블의 끝에 아메리카노 벤티 사이즈 테이크아웃 컵이 위태롭게 서 있는 것도 1층과 2층을 오가는 점원들의 눈길을 끌기에 충분해 보인다.

잠시 후, 민규의 휴대폰이 쉬지 않고 울린다. 액정이 수시로 켜지면서 문자메시지와 신호음이 반복된다.

오후 4시에서 4시 30분 사이. 민규의 스케줄에 메모되어 있는 정혜주와 그의 관리자 엄철우에 대한 업무처리 시간이다. 정확히 민규는 정혜주와 4시 20분에 헤어졌다. 그 뒤 10분이 지나자마자 우진과 로펌 Y로부터 전화와 메시지가 쏟아진다. 처리 결

과에 촉각을 곤두세우는 이들의 여유를 잃어버린 조급함이 그
대로 묻어나는 순간이다.

그들의 조급함에는 충분한 이유가 있다. 의뢰인으로부터 수
령해야 할 잔금이 남았기 때문이다. 엄철우가 어떤 반응을 보이
느냐에 따라 그들의 마지막 행동 지침이 결정되기에 민규의 협
상 결과에 촉각을 곤두세울 수밖에 없는 것이다.

하지만 10분, 20분이 지나도 민규는 그들의 조급함에 반응하
지 않는다. 벤티 사이즈 종이컵에는 검은 원액의 아메리카노가
한가득 담겨 있다. 업무처리 시간을 20분이나 초과하면서 민규
의 공감각을 지배하는 것은 창궐하는 검은빛뿐이다.

검은 빛깔의 아메리카노, 방금 전 정혜주가 입은 타이트한
검은색 원피스와 나비 무늬가 새겨진 검은색 스타킹, 검은색
BMW, 차 운전석에 타고 있는 이의 검은색 NYPD 모자와 검은
색 가죽점퍼, 검은색 후드티까지.

민규의 머릿속이 온통 검은빛으로 물든다. 검은빛이 자신의
몸 곳곳으로 기습적으로 스며드는 순간, 그의 마음이 편안해지
기 시작한다. 아무도 자신을 발견할 수 없고, 누구도 자신의 눈
에 들어오지 않는, 그러므로 어떤 일이 벌어져도 문제될 게 없다
는, 철저한 공모가 가능한 검은빛이 민규에게 더할 수 없는 아늑
함을 가져다준다.

아늑한 감각이 민규의 전체를 지배할 때, 그의 눈이 휴대폰 액
정으로 향한다. 우진과 로펌 Y, 발신자를 알 수 없는 번호들로 액
정이 가득 채워지는 가운데 익숙하지만 낯선 번호 하나가 민규

의 눈에 들어온다. 발신자의 이름은 '아내'다.

*

"응."

"바빠?"

"아니."

"할 말이 있는데……."

"말해."

"다른 건 아니고……."

그녀가 망설인다. 그 망설임, 민규에겐 섬뜩할 정도로 낯선 느낌이다. 아내가 민규에게 휴대폰으로 전화한 것도 반년 만이지만 그녀가 지금처럼 말하기를 망설이는 것은 더더욱 오래된 일이다.

민규는 순간 참을 수 없는 수치심이 자신의 몸속 깊이 파고드는 걸 외면하지 못한다. 검은빛의 아늑함, 그 베일을 찢고 가장 노골적인 망설임이 마성의 착란을 일으킨 탓이다. 극도로 세련되거나 지독히 위선적인, 서글프기까지 한 〈풀밭 위의 식사〉처럼 로펌으로부터 연락을 받은 아내가 전화를 걸어온 것이다.

민규는 아내가 갈구하는 극단의 속물주의가 차라리 반갑다. 법적 남편인 민규가 클래스가 다른 사건의 의뢰를 처리하기 직전 괴팍한 쿠데타를 꿈꾸고 있음을 감지하고 이를 가라앉히려는 아내의 의지 앞에서 민규는 정신이 차가워진다. 다시 돌아온 것이다. 강남으로.

아내가 망설임을 멈추고 말을 꺼낸다.

"저녁이라도 먹을까?"

"저녁?"

"저녁이 싫으면 커피도 좋고, 술도 좋고."

"지금 어디 있는데?"

"교회…… 소망교회. 압구정역 2번 출구 한국전력 뒤에 있는. 알고 있지?"

"알지. 그럼……."

아내가 민규의 답을 기다린다. 그사이 민규는 아직은 어린 소년과 소녀의 눈빛을 하고 있는 둘을 보호하기 위한 마지막 쿠데타에 대한 고민을 끝낸다. 딱 그 정도가 민규의 한계인 걸까. 20여 분간의 고민을 마친 민규가 짧은 문자를 로펌 Y에 전송한다.

그리고 이어지는 아내에 대한 자신의 응답. 그것으로 민규의 짧은 쿠데타는 막을 내린다. 어떤 쿠데타였는지, 무슨 일이 벌어졌는지 누구도 기억하지 못하는 검은빛의 항명이 20분 만에 종료된 것이다.

"5시 30분까지 갈게."

협상 결렬. 관행대로 처리할 것.

작가의 말

대한민국에서 강남은 그 의미가 상투적으로 내려앉았다 하더라도 여전히 막강합니다. 철옹성처럼 보이는 그들만의 리그가 견고하게 자리 잡은 곳도 강남이며, 배금주의가 낳은 자본의 노예들이 괴이한 동경과 애증을 갖고 모여드는 곳도 강남입니다. 유행과 문화, 미디어를 선도하는 곳이 강남이라면 가장 엽기적이고 끔찍한 변태성과 쾌락이 장착된 곳도 강남입니다. 대한민국 0.1퍼센트를 지배하는 SKY가 배출, 양성되는 곳도 강남에서 비롯됩니다.

어디 그뿐인가요. 이제는 억대 출연료가 흔하게 되어버린 주연배우들의 스타 기획사가 모여 있는 곳도 강남이며, 보증금 없는 월세 50만 원 고시원에서 스타 탄생의 꿈을 꾸는 곳도 강남입니다. 이렇듯 '강남'은 대한민국이 국가부도를 맞이해도 불패의 지분을 요구하고야 말 천민자본주의의 상징으로 자리 잡았습니다.

천민성과 자본주의가 결탁되어 화려한 지역이 탄생하는 이면에는 반드시 그늘이 존재합니다. 자본의 규모가 커질수록, 천박한 욕망이 한층 집요해질수록 자본과 욕망의 우울은 더 깊어질 것입니다. 그 깊은 그늘은 벗어나려 해도 벗어날 수 없는 수렁과 같습니다.

오늘의 대한민국을 살아가는 우리 모두 그 그늘의 덫에 사로잡혀 헤어날 수 없는 공멸의 길을 걷는 건 아닌지 모르겠습니다. 그런 배경에서 강남에 의한, 강남을 위한, 강남의 잉여들이 좀비처럼 떠도는 대한민국의 오늘을 다루고 싶었습니다.

하지만 저 역시 인정합니다. 이 작품 역시 섣부른 자본의 필력으로 쓰게 된 『메이드 인 강남』임을 밝혀야 할 것 같습니다. 그래야만 오히려 새로운 세상을 꿈꿀 수 있으니까요.

『메이드 인 강남』이 한 권의 책으로 나오기까지 많은 분들의 도움과 지원이 있었습니다. 강남이란 욕망의 지리학을 구체화해주신 강승용 감독님, 바쁜 와중에도 꼼꼼히 읽어주시고 추천사 써주신 이윤정 감독님께 감사드리며, 무엇보다 책이 나올 수 있도록 힘써주신 자음과모음에 깊은 고마움을 표합니다.

2019년 충무로 'ArtSpace No'에서

주원규

메이드 인 강남

© 주원규, 2019

초판 1쇄 발행일 2019년 2월 25일
초판 5쇄 발행일 2019년 5월 31일

지은이   주원규
펴낸이   정은영
편집   김정은
디자인   서은영 김혜원
마케팅   이재욱 백민열 이혜원 하재희
제작   박규태

펴낸곳   (주)자음과모음
출판등록 2001년 11월 28일 제2001-000259호
주소   04047 서울시 마포구 양화로6길 49
전화   편집부 (02)324-2347, 경영지원부 (02)325-6047
팩스   편집부 (02)324-2348, 경영지원부 (02)2648-1311
이메일   neofiction@jamobook.com

ISBN 978-89-544-3972-5 (03810)

이 책의 판권은 지은이와 (주)자음과모음에 있습니다.
이 책 내용의 전부 또는 일부를 사용하려면 반드시 양측의 서면 동의를 받아야 합니다.

이 도서의 국립중앙도서관 출판시도서목록(CIP)은 서지정보유통지원시스템 홈페이지
(http://seoji.nl.go.kr)와 국가자료공동목록시스템(http://www.nl.go.kr/kolisnet)에서
이용하실 수 있습니다.(CIP제어번호: CIP2019003662)